建築家の考えた家に住むということ

共生住居顛末記

内藤鏡子

王国社

はじめに

建築家の設計した家に住むことになったのは、たまたま夫が建築家だったからである。

わたしは、自分が住む家に関してこれでなければという強い欲望はなかった。一応まともに住める場所でありさえすれば、それなりに充分楽しめるタイプである。住む場所は、住むひと次第で居心地の良い家になるし、いくら豪邸でも住むひと次第で快適な家になるとは限らない。と、思っている。

とはいえ、いったいどんな住宅が良い住宅と言えるのか、定義するのは難しい。建て売り住宅であれ、マンションであれ、いかにもデザインされた建築家が設計した住宅であれ、住み心地が良いかどうかは、何年も住んでみてようやく判断出来るものであるなら、住宅というのは大きな冒険である。一生の大きな買い物だけに、間違えば大きな悲劇であるし、いろいろと問題を抱えた家でも、住んでいる内に愛着なるものができれば、それはそれでその住人にとっては良い家であったと言える。

一九七九年から、夫は設計するのに作っては壊し、作っては壊し、納得の出来る案まで辿り着くのに四年もかかった。資金が潤沢ではなかったのと、家族構成が四世代という複雑な条件が重なっていたからだ。それに加えて、建築家として新しい実験を試みようとしていたからなおさらだった。夫は最終決定案を「共生住宅」ではなく「共生住居」と名付けた。「住宅」ではなく「住居」としたのは、あえて住居と呼ぶことで住宅とは違う価値を持たせたかったようだ。

「住宅」と「住居」の違い。わたしにはよく分からなかったが、三十年も住んでみると建築家が仕掛けた住居に対する考え方、企みや、住宅をはみ出る理想や、それを超える予想外なことや、また思い通りにならなかったものも見えてくる。不思議なのは、この共生住居が、四世代に渡る家族を内包しながら、それぞれの暮らし方、世代の関わり方、植物や動物をも共存させる包容力のある住居であったことは確かだ。この三十年の間に世代が大きく変化したが、いずれまた四世代になっても「引き受ける」という余裕もある。時間の推移によってどうとでもなるという可能性のある住居というのも建築家が考えた仕組みらしい。がっちり個室群で固められた住居より、そこに住む家族構成でいかようにも住み方を変えられる。

一般に住宅は三十年で老朽化し、建替えが必要とされているが、百年持つとなると、メンテナンスさえちゃんとしていればそれ以上住むことも可能である。今や、廃屋となった古民家を移築してまで、百年を経た日本家屋の良さを復活させ、手を加えた住居は、もはや手に入らない太い梁や、黒ずんだ一枚板の床が蘇り、その堂々とした構えは格調高く、時間と誇りが染み付いている。果たして、コンクリートが基本のこの住居が、かつての堂々とした日本家屋のように、手をかけることで時間と共に味が出て来るかは、三十年ではまだ判断しがたい。

建築家の百年構想は理解できるが、わたしにとってこの「共生住居」は、家族と共に暮らしてきた「家」という感覚がある。わたしには「住宅」と「住居」と「家」の違いをうまく言うことができない。たとえば、昔は木の柱だったが、この家では居間のコンクリートの柱に、二人の娘の背丈を計った印と日付がある。それは五歳から十三歳ぐらいまで続いている。それ以降は、娘達が中学生になって、背丈が止まったか、素直に柱に印など付けさせてくれなくなったのだろう。子供の日の、親としてのちょっとした楽しみが終わった時期だ。今でも、その印は懐かしい。

家には時間と共に想い出のシミや傷が残る。階段の手すりが汚れなのかツヤなのか黒ずんでしまうように。猫が爪研ぎに使っていた建具の傷が、猫が死んでも残っているように。日々の暮らしは、建築家が考えた「住居」とどうつながり、変容してきたのか、また建築家の策略に組み込まれながらも、あまりに特異な構造を持つこの住居に住まうことは、ひとつの戦いでもあった。そういう意味では、普通の住居ではなく、いったいこの「共生住居」とは何であったのか、いまだに答えの出ない渦中にある。

建築家の考えた家に住むということ

共生住居顛末記

目次

建築家という過激なイキモノ

共生住居が変換期へと

建築家の考えた家に住むということ

共生住居のはじまり

わたしが生まれ育った家は、戦前に建った古い木造の家で、屋根には鬼瓦や、床の間や欄間があったりしたが、床はぎしっと鳴る場所は決まっていたし、台風が来たりすると雨漏りで何度か修理をせざるを得ない老朽化した家だった。家を出てからの一人住まいは、狭いアパートの一室であったり、その昔は栄えていた邸宅の離れにある古びた洋館の間借りであったりした。だが、一人住まいは、あくまで一時の賃貸であって、「家」とは言えないだろう。

その後、相棒とマドリッドに住むことになるのだが、旧市街地の古いアパートで、ふた部屋に備品はベッドとテーブルと二脚の椅子しかないまことに質素な部屋だった。ここに住んだのは日本に帰るまでの八ヶ月だった。ここで生活はしていても、わたし達の「家」という感覚はなかった。

そして、日本に帰るのにリュックを抱えて、モロッコ、イスタンブールから中近東をバスで横断し、インドからネパールへと四ヶ月かけて日本に帰ってきた。この経験はわたしの人生観まで変えるようなハードな貧乏旅行だった。

帰ってからは、しばらく休養を兼ねて相棒の実家に居候していたのだが、いつまでもそういう訳にはいかず、近くの農家の裏にある一軒家を借りた。一軒家といっても、四畳半と六畳の畳の部屋と小さな台所が付いているだけで風呂はなかったし、トイレも水洗ではなかった。風呂は相棒の実家の風呂を借りればいいだろうと、出来るだけ家賃の安い物件を選んだ。スペインから帰ってきてから、相棒はしばらく働くつもりはなく、わたしが働いて生活するには贅沢な場所は借りられなかったこともある。日本で新婚生活を始めるというのに、わたしには何の不満もなかった。元々そんな立派な家で育った訳ではないし、インドで一ヶ月ばかり一日百円というホテル（ベッドは板で寝袋で寝る）に泊まっていたので、畳があるだけでわたしにはずいぶん贅沢な家に思えた。

わたしの親としては、簡単な花嫁道具ぐらい用意したいと思っていたようだが、この家に新品の家具を入れるのは中途半端で、いずれまともな家に住むことがあればということでお断りし、その資金を現金でいただいた。最低限の必需品は買うことにして、冷蔵庫も布団も親戚や親から余ったものをいただいた。本棚はレンガと板を組み立てて作った。テレビも電話もなかったが、音楽だけは必需品で、オーディオだけはちょっと贅沢した。隣接した隣の家側にある窓には、インドで買った曼荼羅の布を貼付け、古びた畳の上には、マドリッドで大枚をはたいて買った、牛一頭分の毛皮を敷いた。それらを置くことで、少しはマドリッドでの生活が連続して繋がるようであった。

大学では早稲田大学の教授吉阪隆正を師匠とし、マドリッドではフェルナンド・イゲーラスを師匠として建築修行をしていた相棒は、次に菊竹清訓を師匠に選んだ。いずれ独立して自分の設計事務所を持ちたいと考えていたが、その前に日本の設計事務所で経験を積みたかったようだ。

マドリッドでは生活するのに充分な報酬をいただいていたが、日本での初任給をみて驚いた。事務的な仕事をしていたわたしの収入より少なかったのだ。設計事務所やデザイン事務所では、二、三年は実務の勉強をさせてもらうという意味で、報酬は最低限で当たり前だった。給与日に封も開けずにそっくり封筒のまま渡してくれる相棒に、「ありがたく頂戴します」と頭を下げた。そして、密かにわたしの収入はそっくり独立のために預金することにして、相棒の給与でやりくりすることに決めた。

最初の住居は低所得者には恰好で、経費がかからず、外食を節約するために毎朝相棒と自分の弁当を作り、休日は相棒の実家で夕食をいただいた。貧乏しているに違いないと、義母はいつも上等な牛肉を食べさせてくれた。それだけで、食の贅沢は充分である。つましい贅沢だが、月に一枚、選びに選んでレコードを買った。遊びに行くお金はないので、休日は歩いて鎌倉まで行き、美味しいコーヒーを飲んだ。給与前に残った小銭を集めて、花を買った。わたし達に貧乏をしている感覚はなかった。

スタートラインから何もかも揃った「家」ではなく、正に何もないところから始めたのは正解だったと思う。ここからいか様にも展開できたからだ。これからの自分達の働きによって、大いなる希望を持とうと思えば持てたし、住環境としてこれ以下はないと思うと、気が楽だった。

相棒も仕事で忙しくなり、日々の暮らしが落ち着いた頃、わたしは時々吉阪邸に遊びに行った。マドリッドに住んでいた時に、吉阪先生から突然電話があり、学会の旅行でマドリッドからモロッコに行くというお話だった。ついてはマドリッドで会えないかということだった。先生からの直々の電話で、わたし達は喜び勇んで空港までお迎えに行った。建築家のグループを率いての研修旅行で、奥さんである富久《ふく》さんも同行されていた。相棒から吉阪先生の話はよく聞いていたが、会うのは初めてだった。仙人のような、痩せたドンキホーテのような風貌で、眼差しには焦点をはずさないような怖い感じもあった。次の日マドリッドのはずれ、グレコの絵のあるトレドまで一緒に来ないかと誘われバスに同行した。わたしは奥さんの隣に座って、「日本の煙草、懐かしいでしょ？」とセブンスターをもらい、煙草をふかしながらお喋りした。「コルちゃんはねえ」と言う富久さんのコルちゃんとは、先生が若い頃にパリで修行していた時の師匠、コルビュジエのことだった。パリで一緒に暮らしていた富久さんは、その頃の楽しかった話をした。初めて会ったのに、わたしには違和感がなかった。わたしの苦労話などは、「ものがたりがあるわねえ～」と浮き世離れした表情で言われると、苦労も大したことがないように思えた。富久さんは、吉阪先生という一風変わった人物に寄り添い、夫の哲学的な世界の理解者ではあったが、また先生とは違った言葉と空気を持った人だった。

一番後ろの席に座っていた吉阪先生が、「シベリア鉄道に乗ってスペインまで追いかけてきた女がいるという噂があってね」とからかわれるように言われたので、

「追いかけて来たんじゃなくて、来いって言われたんですよ、先生」というのがわたしとの初めての会話だった。

「違うだろう。お前が勝手に来たんだろう」と相棒と言い争っているのを、先生はウッハハともガッハハとも言えない先生特有の笑い方で、
「林芙美子はね、かつて愛人を追ってシベリア鉄道でヨーロッパに渡ったんだよ」
と言われた。わざわざシベリア鉄道を使って一人でスペインまで行ったわたしが印象的だったのかもしれない。

先生は、かつて弟子であった相棒の仕事場にまで出向いて、フェルナンド・イゲーラスにも会い、奥さんと共にわたし達が暮らしていた古いアパートにまで来て下さった。いったい何をしているのか、心配だったのか興味があったのか、先生の意図は分からない。でもわたし達には、嬉しい訪問だった。

それ以来、日本に帰ってからも相棒は重大な決断の時は吉阪先生に相談した。

わたしは、日本の有名な建築家の建てた家を見たのは吉阪邸が初めてである。幸運だったのか不運だったのか分からないが、強烈な印象を与えたのは確かだ。それは想像を絶する場所と家の在り方だった。吉阪邸は新大久保駅から、ラブホ

テルが林立するような界隈にあった。コンクリートブロックからなるその家は異様な感じで、家の中は今で言うゴミ屋敷状態だった。階段を上がった玄関を入ると、すぐ目の前に居間があり、膨大な本で囲われていた。本棚の一部が傾いて、どさっと本が崩れ落ちそうであったが、一向に配慮されることなく、本棚の前にも本や書類が積み上がり、その間にあるこたつの前にいつも先生は座っていた。先生の書斎兼、食べる場所兼、来客を招き入れる場所だった。居間から繋がるベランダには、酒の空瓶が溢れていて、すでにベランダの様相はなかった。

「まあ、上がりなさい」という先生の手招きで上がると、こたつの下には汚れてくすんだオレンジ色のビニールの敷物が敷いてあり、夏など素足で座ると、ねちょっと粘り気があった。こたつのテーブルの上には、書きかけの原稿や、書類や、酒瓶や濁ったグラスはそのままで、灰皿には吸い殻が溢れていた。普通の感覚で見ると異常だが、先生も奥さんもここを訪れる人達にとっても、これが普通で吉阪邸なのであった。時に先生のお弟子さんが何かの報告で玄関に入ってくると、直立不動で先生の指示を受けた。先生の顔は陽に焼けたような褐色をしていて、時に厳しい顔になると、その額に血管が浮き上がった。深々と頭を下げて帰っていくお弟子さんの様子を見て、とまどうわたしは、やはり先生は仙人か建築界の神様みたいに崇められている人物なんだと思わざるを得なかった。わたしは、たとえ偉い人でも臆することなく「上がりなさい」と言われればそのまま入り込んでしまうタイプで、濁ったグラスに奥さんがついでくれたお茶を飲んでいるのだった。

今思えば、吉阪先生の弟子である夫の女房が、マドリッドで書いていた拙い小説を先生に読んでもらうこと自体不謹慎であるが、多忙の極みであったにも関わらず先生はちゃんと読んでくれていて、文法的に気になる所にはチェックまではいっていて恐れ入ってしまった。その感想は、ウッハハハであったが、わたしが、「夫には、人生の決断の時に吉阪先生がいます。わたしにも先生が欲しいのです」と言ったら、「そうか」と先生は言った。

「実は、早稲田文学に師事したい人がいて……」と『早稲田文学』の編集長でもあり、文学部長でもあり、有名なフランス文学の翻訳者でもあった平岡篤頼《とくよし》さんの名前を言うと、先生はよく知っているとすぐに名簿を出して直接電話を入れて事情を話し、「頼む」のひと言で聴講生として早稲田の教室に入れることになった。平岡先生は聴講生をとっていなかったのに、特別なことだった。「以前、平岡先生にフランスの詩の授業を持ってもらったことがあってね」と、先生はさらりと答えられた。その対応の素早さに驚くと共に、先生の分野を問わない教育者としての包容力に感動した。

相棒でさえ、先生に会う時は襟を正すという気構えがあったが、建築に関係のないわたしには、あの居間は変に居心地が良かった。カリスマ的な先生の周囲には、心から信奉する強面の建築家集団があったが、わたしには関係のないことだった。普通の女の子が普通にあの居間に上がって普通に先生と話をする。そんな時は先生の顔に柔らかな表情が現れることがあって、それはやはり天上人のような微笑みで、うれしい気持ちにさせられた。

テーブルの上に、水洗便器の小さな模型のようなものがあったりすると、「先生、これなあに?」と聞く。灰皿だよと先生は、吸っていた煙草を便器に落とす。水洗のゴムの蓋を押すとぷしゅぷしゅと水が出て煙草の火が消える。「ははは。よく出来てますね」と言うと、「これね、その昔エッフェル塔の上で買ってきた土産物なんだよ。こういう洒落はパリだね」と言って、またウッハハハともガッハハとも言えない先生特有の笑い方をした。横で富久さんは、かったるい感じで笑いながら、煙草をふかしていた。居間に客がある時は、富久さんは、「うちの食堂に行きましょう」と、近くのファミレスに連れ出し、二人でコーヒーを飲みながらおしゃべりをした。このご夫婦の在り方は謎だが、この住居もまた謎だった。暮らしというものがよく見えなかった。建った当時の写真を見ると、パリから帰ってからの作品で、すっきりとモダンな形をしている。それが何故あのような住まい方になったのかはやはり謎だが、「建築家の建てた家」以上に、先生の生き方の方が強烈で、あのお二人が住むことで成り立つ世界が中心だったのだろうと思う。

初めて平岡先生の研究室にご挨拶に伺った。

きさくな人で、わたしが授業料も払わず授業を受けることにも、「早稲田はそういう人も平気で引き受けるところなんだよ。気にしなくていい。それより、君の書いたものを見せてくれたまえ」と言われた。夫は建築家だと言ったら、「この文学部の設計は村野藤吾でね、夏は扇風機だけで部屋は狭いし暑いんだよ」と笑い、スペインからバックパッカーでの四ヶ月の旅に興味をもたれ、最初から話が弾んだ。

子供が出来るまで、わたしは仕事をしながらも一週間に一度、早稲田まで通い、先生の授業を受けた。時に小説を持ち込んだが、きっちりと添削し、助言して下さった。子供が出来てからも、原稿を送れば、必ず読んで下さった。早稲田文学の新人賞に二次まで残ったことがあったが、子育てと夫の仕事を手伝うことになってからはゆとりがなく、それでも時に先生に会いに行ったが、先生の自宅の改装や別荘の仕事をいただいてくる始末で、自分は物書きより営業に向いているのではと思うのだった。

相棒の実家を建て替えることになったのは、元々あった平屋の木造住宅が老朽化し、手狭になってきたことと、長男である相棒はいずれ両親の面倒をみることになるだろうということで話は急速に進んだ。その頃はまだ相棒の明治生まれの祖母は健在で、相棒の弟も居た。わたし達にはすでに三歳になる娘がいて、わたしのお腹にはもう一人子供がいた。構成は二世帯住宅で、合わせて八人が住むことになる。

すでに相棒は二年間勤めた菊竹さんの事務所を退職して独立していた。当初は東京の九段下に事務所を構えたものの大した仕事はなく、事務所の維持と生活するのに精一杯だった。当然のごとく潤沢な資金はなく、銀行で精一杯のお金を借りた。両親からの資金を合わせても、二世帯住宅を建てるには最初から厳しい出発だった。ゆとりのない資金は建築家を悩ませた。家族の要望するプランを満たしながら、二世帯がどううまく住めるか、木造にするのかコンクリート造にするのか、三十案も練り直し、ついに最終案に辿り着いたのだが、わたしも両親も図面を見ただけでいったいどんなものが建つのか想像も出来なかった。素人が図面と簡単な模型だけで建物を想像するのは難しい。両親にとっては各々自分の仕事場があることが重要だったし、わたしには、玄関と台所と風呂場とトイレが両親宅と別々にあることが重要だった。やっと建築家が決心したことだし、そろそろわたし達も待ちくたびれていたので、あとはすべて建築家にお任せすることにしたのだ。

今でもよく憶えている。工事中は車で十五分程の所に仮住まいをしていたのだが、わたしは更地を見ただけで、二番目の子供の出産で現場に行くことはなかった。ある日、「もうほとんど完成だよ」と相棒に言われて見に行くと、重厚なコンクリートの壁が平行に並んでいるだけで、トップライトの三角屋根と床は張ってあったが、間仕切りの壁も建具もなく、庭から裏側まですかすかと見渡せた。「どこが完成よ！」と思わず言ってしまったが、「あとは間仕切りの板を付けて建具をいれたらおしまい」と相棒は言った。これが果たして住む家になるのかと思ったが、相棒が言ったとおり間仕切りと建具が入ると、「住居」になっていた。普通は、建設中に徐々に仕上がっていく様子を見ながら平面図から立体的な形に結びつき、ようやく現実味が帯びてくるのだと思うが、この住居には中間的な過程がなかった。コンクリートの壁を打ち込んだ時から、天井の断熱材、ラインダクト、カーテンレールの留め金まで埋め込まれており、すでにそこでほとんど完成していると言われればそうなのであった。階段の鉄骨は塗装もなくそのまま、手摺の下は後でワイヤーを張るということでスカスカのまま、踊り場の手摺もカーテンレールも後でワイヤーを張って出来上がりだった。

居間の上は吹き抜けになっていて、三角屋根の磨りガラスから明るい陽が入り、北側の部屋にも光が差し込んだ。巧妙に計算された住宅なのか、単に荒っぽい構造だけの住宅なのか、当時、わたしも両親もためらうばかりで、満足とも不満足とも、よく出来た住宅とも判断ができないまま「建築家の建てた家」に住むことになった。

四世代が住むということ

共生住居が完成し、何とか新しい生活が始まった頃、相棒の親しい建築家や建築雑誌の編集者を集めて食事会をしたことがあった。

建築家が設計した住宅というものに、建築家や編集者に最初から期待というものがあるのかどうか分からないが、彼等は一様に「何だ？これは」という様子で、失望とも嘲笑とも取れる感じで感想を避けた。だからと言って何が良くなくつまらないのかも、意見を言わなかった。見た事のない住居で、何と言えば良いのか分からなかったのだと思う。そうなると、実はわたしもまだはっきり言えない状態ではあったが、何だか無視されているようで面白くはなかった。「建築家が設計した住宅」らしい住宅とはどんなものか、名作は国内外を問わず多々あるが、それに匹敵するものが納得できる住宅であったのだろうか。この住居が建築界で話題になろうがなるまいが、そんなことはどうでも良かったが、ある建築雑誌の編集者は好意的で、取り上げてくれた。その中で、相棒は、庭にひとつ墓を置くことでこの住居は成り立つと書いた。

「実は、庭先に墓を置くことでこの『住居』は完結するんだよね」と相棒から聞いた時、わたしは訳が分からず驚いた。「そんなの、法的に無理でしょう」と答えたが、相棒の意図することを雑誌の文章で知ることになった。

相棒の考える住宅とは一時的な滞留地ではなく、人がそこで生まれ死んで行く場所であり、住宅を輪廻の場所として考えるなら、動かざる一点として墓を置くことで生と死はバランスすると書いている。実際に墓を置くかどうかは別にして、四世代が住むことの意味を繋ぎとめるにはそういう発想が必要だったのだろう。

余りにも抽象的な話だが、住居に輪廻という哲学的な要素を組み込ませるのは彼特有の建築の作り方であったかも知れないし、またあの頃からそういう観点からしかものを作れないタイプだったのかも知れない。

しかし、わたしにとっては、住み分けははっきりしているものの、現実問題として夫の両親と弟と、夫の祖母との暮らしがどのように展開していくのか、予測が付かなかった。かつて日本が農業社会であった頃は大家族で住むのが当たり前であったが、それが崩壊し、核家族に分断されてしまった現代において、あえて約一世紀の年齢差のある家族が住むということに不安がなくもない。一緒に住み始めてみたものの、うまく行かなかった場合はかなり苦痛の伴う住居になる。人間関係が崩壊してしまえば、建築家の理想とする住居どころではないのだ。ということも想定に入れておいたが、案外心配するほどのことではなかった。

そんなことよりも、建築家が提示したこの実験的な住居をどう住みこなすかという課題の方が大きかった。何しろ、コンクリート壁と建具に仕切られただけの、無駄はいっさい省いたまるでシェルターのような住居だけに、住む側のこまごました配慮はなかった。ここにあれがあればと思うことは度々で、家具を入れるか何かで代用するか、デザイン的に雰囲気を壊すものであれば諦めるかしかない。

建築家は、「まあ、これが出発点でいろいろな変化にゆっくり対応していけばいいんじゃないの」と鷹揚に構えていた。その裏には「どのように住んでも良いんだよ」と、これからの展開を眺めているような落ち着きもあった。「住む側の気持ちは？」と言ってみたかったが、最初から「住宅」とは言わず「住居」とした建築家の実験的な意図があったわけで、女房としてはそうかも知れないと妙に納得してしまうのであった。

相棒の両親にとっては、全く想像もしなかった空間であり、ためらいの方が大きかったのではないかと思う。当時はまだ五十歳半ば、二人とも働き盛りで仕事中心の生活をしていた。いざ息子の設計による住居に入ってみたものの、どのように住めば良いのか難しく、こんなことなら普通の家で良かったと後悔していたかも知れない。普通の家を定義するのも難しいが……。その不満は、わたしを通して息子に向かっていたが、「もう建っちゃったんだし、これからだし……」というわたしの楽観的な性格から返答は避けるようにしていた。両親は、収納が少ないことから仮住まいから持ち込んだダンボールが巧く収納できずに積んだままであった。両親側の和室にいる明治生まれのおばあちゃんは、いつも着物を着ていて、居間から吹き抜けの天井を「あらまあ～」と信じられないといったような顔で見上げ、好奇心から鉄骨むき出しの階段を上がろうとして「落ちたら危ないです！」と厳しく注意されていた。

こちら側もまた、三歳になる娘が階段を上り降りするのに、手摺のワイヤーを絶対に離さないように訓練していた。はいはいし始めた下の娘の動きは激しく、鉄骨の階段に頭をぶつけたら大変なので、スポンジを巻き付けた。ある日、下の娘がいないので探していたら、はいはいのまま階段を上がってしまい、階段の上から「ぐぁ～」と笑いながら見下ろしているのを発見した時は血の気が引いた。

かつては狭い部屋で不便をしていた義母は、新しいピアノ室で連日レッスンを始めた。ピアノ室は防音されてはいたが、完璧に音を遮断するような壁ではなく、板の仕切り壁と建具を通して音は抜け、居間の吹き抜けを越えてこちら側にまで響いて来た。ピアノが嫌いではないわたし達は、別段気にはしなかったが、人によっては何時間も続く騒音になったかも知れない。

かつての家に仕事場がなかった義父は、その当時大学で人力ヘリコプターの研究をしており、早速そのパーツ作りを始めた。パイプを切る音や木を削るグラインダーの音もまた、仕事場からこちら側まで聞こえてきた。

こちら側は、幼い娘達がテレビの子供番組を見ながら歌ったり踊ったりしていた訳で、この騒ぎもまた向こう側に伝わっていた。幼稚園前の子供を抱えるお母さん達は、子供同士で遊ばせるのと同時におしゃべり目的で我が家に集まり、その騒音は半端ではなかったと思う。二世帯の居間を、天井まで組み上げた厚いラワン材の棚が仕切っていた。コンクリートでふさいであればこうも音の筒抜けはなかったのだろうが、木組みであったために音は自由に行き交った。隣に来客があったりすると、話し声がこちら側に伝わったが、不思議なことにその内容まで聞き取れないのは、その木組みの厚さが救っていたのだろう。

音が筒抜けてしまうという予想外の展開に最初は不満があったが、筒抜けてしまうために、面白い現象も起きた。普段、お互いにプライバシーを侵さないように気を付けているが、娘達がおもちゃで喧嘩して泣き叫ぶようなことがあると、義母と祖母までもが飛んで来た。こんなことぐらいでとわたしは思うが、三世代に渡る大人が間に入ると、娘達はぽかんとして、居心地悪そうにおとなしくなった。両親が何かで出かけて、夜遅くなると、祖母が居間を歩き回るスリッパの音が聞こえた。

帰ってきたのを確かめないとなかなか床に付けないのだ。「おばあちゃん大丈夫だよ。もうすぐ帰ってくるからさ。先にお休みしましょうよ」と祖母の様子を見に行けるのも、音が聞こえるからだった。

仕事の話で聞こえたらまずいとなると、相棒がゆっくり風呂に浸かっている間、脱衣場兼トイレの便器のふたの上にわたしはビールとグラスを置き、この時ばかりは遠慮なく大声でしゃべり、たまには愚痴もさらけ出した。ゆっくり風呂に浸かっている時に、酔った女房に押し掛けられる相棒も迷惑な話だが、『音』を考慮しなかった建築家の責任でもあり我慢してもらうしかない。

住人とは不思議なもので、いつしかこのような不備にも慣れてしまうのである。

「隣から、孫達の笑い声が聞こえるのはなかなか良いもんだよ」と義父は言った。

隣からの音を嫌って厚い壁で遮断し、生活圏を侵されないように扉に鍵をかけ、完璧なプライバシーを確保するよりもある程度の音や気配や雰囲気が伝わってくる方が、却って気持ちにゆとりが生まれるような気がする。確固たる遮断は最初から交流を拒否されているようで、それが疑心暗鬼を生み出し、気になり、無理に鍵をねじ開けたくなるような心理を生み出すのではないだろうか。鍵をねじ開けられる方は、さらにガードを固くする。

相棒はそこまで計算して設計したのかどうか分からないが、住みこなすに従って、

「かつて日本はフスマと建具の空間で音は筒抜けであったのだし、江戸時代の長屋の界壁も音の遮断は悪かったようだ。日本人の感覚の中に、多少の音は聞こえ

ても聞こえないことにする、という奇妙な風習があった」と後々書いている。音の問題が比較的すんなり受け入れられたことは、物理的にも許容する意識を生んだ。

一階は、義母とわたしの台所を繋ぐドアがひとつあるだけである。ここは鍵がかけられたことはない。「お醤油切らしちゃって」と借りる時とか「これ作ったんですけど」と一品持っていく時とか、簡単にノックするだけで行き来は自由だ。お互いに台所仕事をしている音は何となく聞こえるが、必要以上にお邪魔しないという暗黙のルールができてしまったために、鍵などかける必要はないのだ。

音の筒抜けは、匂いの筒抜けでもあり、お菓子を焼いているな、シチューを煮込んでいるなとかがすぐに分かる。すき焼きをしているな、と分かってしまうのもご愛嬌であるが、たとえこちらが干物をおかずに食事をしていても、気にしない。日曜日の夕食だけは一緒にすることにしていたので、平日は何を食べていようが、無干渉というルールもいつの間にか出来上がっていた。

共生住居での暮らし

坪単価四十万というのは、普通では考えられない建設費であったらしい。そこまで単価を押さえるために、建築家はあらゆる工夫をした。と本人は言っているが、建築の専門ではないわたしは、提供された住まいの単価がぎりぎりの線であろうと、平均的単価、その当時で五十万との差については関心がない。要するに、予算内で済めば良かったのである。

天井の高さまである特注の建具は、するすると軽い動きをしたし、庭側のガラス戸も広くて明るかった。塗装していない鉄骨も錆びてきたが、その色は自然で美しい色になっていた。三角屋根のトップライトからの光は季節によって変わり、北側の部屋にも光が射し込んで寒い感じはなかった。エアコンのきいた密室が嫌いなわたし達は、最初からエアコンの設備を入れなかった。夏は、トップライトからの熱で暑かったが、北側の網戸から庭側の網戸まで風が吹き抜け、扇風機一台で夏は過ごせた。冬は、お天気の良い日はストーブが要らなかったが、寒い日はさすがにストーブをフルに使っても二十度を上回ることはなかった。熱は吹き抜けの上に上がるばかりで、この広い空間全てを快適な温度にするには難しかった。足元に小さなストーブを置いて寒さを凌ぐしかない。近年、さすがに高齢になったわたしは、仕事場兼寝室にエアコンを入れたが、二階に居る娘達は冷房なしで、冬は小さなストーブだけで過ごしていた。住人とは逞しいもので、冬の室温二十度にも慣れてしまうのである。おかげで暖房の利き過ぎたデパートには、暑苦しくて長居できない体質になってしまった。熱帯夜でさえ、自然の風だけで汗びっしょりになって寝るというのは、きっと身体に良いのだろう。そういう意味では、温度に対して過保護ではないこの住居は、今はやりの「エコ」であり続けたのかも知れない。

トップライトから射し込む光は、植栽にとっても丁度良い光であった。水をやるだけでぐんぐん大きくなった。階段の脇に置いたポトスは獰猛につるを伸ばし、手摺のワイヤーに巻き付き、仕切り板壁にも張り付いて触手を伸ばした。

義父は植物の守護神のような人で、植物のことばを聞き取る才能の持ち主である。無精なわたしが水をやるのを忘れて鉢植えを枯らしてしまい、義父に預けると、どんな呪文を受けたのか、しばらくして蘇った鉢植えが戻ってくる。両親の居間では、椰子はトップライトの間際まで伸び、あらゆる植栽は勢いのある葉を広げ、まるで温室の植物園のような状態になった。

相棒は、元からあった広い芝生の庭、ケヤキの大木、庭を囲む木々や生け垣をそのまま残した。春先にはまず祖母の部屋の前にある梅が咲き、次に木蓮がたわわに花をつけると、八重桜、入り口には、義父が仕掛けたチューリップが一気に顔をだす。低木のツツジが咲き、それが終わると紫陽花が咲く。

二階のベランダには、厚い雨戸が付いてはいるが、日々の開け閉めが重くて面倒になり、開けっ放しになった。そこに義父はゼラニウムを置き、年中真っ赤な花を咲かせた。これは、黒く塗った雨戸の間で鮮やかに咲き誇る。

広い庭は有難いが、常に整った庭を維持していくには気配りと労力がいる。生け垣の伸びた枝切り、芝生の草取り、炎天下の芝刈りと水まき。時に虫が付くと、殺虫剤もまかなければならない。冬になるとケヤキが葉を落とし始める。風の強い日の後は、屋上から庭全体まで落ち葉がおおい尽くす。すっかり落ちてしまうまで、毎日のように落ち葉を掃く日々が続くのである。そして年末に植木屋さんが入って新年を迎え、春先にまた一年のサイクルが始まる。それを、手を抜くことなく維持できたのは義父という守護神のおかげである。わたし達はたまに手伝うだけで花の移り変わりをただただ享受していたが、義父も年老い庭仕事が出来なくなって、ようやくその大変さが分かるようになった。無精をしていると、あっという間に庭は荒れる。木々や花を愛でる余裕のなさは、暮らしも心も荒れてくるような気がする。だが、相棒もわたしも仕事があり、社会人になった娘達も自分のことで精一杯でなかなか庭まで気が回らない。

いた仕方なく、自宅で仕事をしているわたしの役目になってくる。だがわたしの仕事は雑で義父のように丁寧な仕事ができない。同じ芝を刈るにもむらができる。伸びた枝切りもちぐはぐで均等なラインが作れない。芝生をおおうように積もった落ち葉を、熊手と竹帚で小枝ひとつ残さず掃除する義父は、何やら禅寺の修行僧のようであった。前例が完璧なだけに、後継者は自分の不甲斐なさにちょっと落胆する。

で、わたしの取った方法はマシーンを使うことである。植木屋さんが使う噴射掃除機を通販で見つけ購入した。このバズーカ砲のようなマシーンは、爆音もさるものながら、木々の間から、砂利石の間から、落ち葉を猛烈な勢いで吸い出す。芝生に積もった落ち葉などあっという間に吸い込んでしまう。どうだ、どうだという快感がわき上がり、落ち葉問題は楽しい遊びになった。低木や垣根は、これも通販で見つけた強力なバリカンである。気持ちが良いほど刈られていく。調子に乗って、やり過ぎてしまうこともあるが、黙々と単純作業の苦手なわたしには、打ってつけの方法であった。

共生住居における嫁姑関係

嫁姑争いは、昔から女同士の闘いの定番である。同居の場合は日常的に接触が多いだけに確率は高いが、二世帯住居でも別居でも起きる時は起きる。お互い、嫁姑争いだけは避けたいと思っていても、ちょっとしたことでもいったん火がついたら最後、一気に燃え上がったりする。そこまでいかなくても、嫁の方か姑の方か、胸の奥に絶えることない蝋燭の火を燃やし続けて何十年ということもある。その間にいる男は、自分の母親と女房の間でなす術もなく、どちらのご機嫌も取りながら、出来るだけ災難から逃げたいという姿勢でいる。

わたしの親達の世代は、連綿と続いて来た嫁の立場の弱さから、ただただ耐え忍んで来たという世代である。それだけに、自分の娘にはそんな苦労をさせたくないと、親との同居はすすめないし、自分も息子の嫁と一緒に暮らすなんてごめんだと思っている人が多い。

わたしの世代でも、姑と同居したために伝統的とも言える悩みを抱えている人がいることはいる。たまにランチを一緒にしたりすると、必ずや姑の愚痴が出てくる。それを吐き出すのも聴くのも気の許した相手であって、それだからこそ「たまにはランチする?」なのであるが。わたしが話を聴く範囲においては、鬼姑でも鬼嫁でもないと思うのだが、やはり同居するということは日常的な束縛が不可欠で、そのストレスをどこかで発散せざるを得ないのだろう。誰かに吐き出すことで、ストレスはある程度解消され、最終的には美味しいランチであり、「楽しかったわ。またね」とその人にとっての日常的な修羅場に戻って行く。

愚痴を聞いてみると、争いの発端はちょっとした無防備なひと言であったり、習慣の違い、味付けや布巾を常時清潔にするかしないかであったりする。そんなことでと思ったりしてはいけない。こんなことが火種になるのである。面白いことに、小さな火種は飛び火する。それまで気にならなかったことまでにも火がつき、いったん広がると、さらに火をつけることはないかと探しているような感じさえする。これは嫁姑だけでなく、居酒屋でも、通勤電車内でも、会社の上司や同僚に対する愚痴を耳にすると、人間は集団でいる限りそういうものなのだろう。この人さえいなければどんなにこの悩みから解放され、自由になるだろうと思うのだが、さて、居なくなってみれば、どうなのであろう。また新たに不満の対象になるものを作ってはいまいか。

大人の世界であろうと子供の世界であろうと、猿の世界であろうと、ライオンの世界であろうと。これはまだミクロの世界で、国レベルになると、太古の昔から人の諍いは絶えることなく戦争の連続である。それはそれとして。

わたしは、両親と暮らすにあたって、これだけは何としても避けたいと考えてきた。何十年も胸の奥に悶絶しそうなイライラを抱えて暮らすのは、精神的な浪費と時間の無駄である。だが、人との関係はそう簡単ではなく、できれば揉めごともなく楽しく暮らしたいとだけ願ってきた。幸いなことに、この住居では、実際にこれといった揉め事はなかった。お互いにそう思っているからこそ出来たことかも知れない。お互いに、一度でも吐き出してしまえば、その修復にどれだけの労力が必要かと考えれば、少々のことは流す意図的な努力が隠れていたのだと思う。

もう一つ幸運であったのは、義父も義母もわたしも仕事を持っていて、それぞれに仕事が忙しく、些細なことに関心がなく、暇もなかった。わたしにとっては、尊敬さえできる良き理解者でもあった。

住み始めてから、弟は就職と共に寮にはいり、二年後、明治生まれの祖母が亡くなった。

四世代から三世代に変わった。両親は、七十歳まで大学で教鞭をとり、退職後も義母は自宅でピアノレッスンを続け、義父は、ダ・ヴィンチが考案した人力ヘリコプターの夢を追って、義父が考案した実験を繰り返していた。八枚の羽の中心に操縦士が座り、ペダルを漕いで羽を回転させ、その浮力で浮き上がる計画だった。ロケットが宇宙に飛び出している時代に、人力で浮き上がるヘリコプターは、世界でも誰一人完成させた者はいなかった。それだけに、義父はこれを「かげろう」のようなものだと言いながら、挑戦し続けていた。

義父はシコルスキー人力ヘリコプター賞を目指していた。この賞が制定されてから三十年、世界の誰も成功させた者はいなかった。人力で、六十秒間、三メートル浮上させ、それも約百平方メートルの範囲内で浮き上がることが条件で、成功すれば賞金二五万ドルである。最初のヘリコプター「PAPILLON A」から十年、一九九四年に五番目の「YURI I」はようやく高さ二十センチ、一九・四六秒間滞空し、記録は日本航空協会に認定された。世界で初めての成功であった。

そして、八月、操縦士、学生達をひきつれカナダに近いアメリカのシアトルで再実験を行った。その時は、二十七秒間滞空したそうだ。この記録はカナダの新聞の一面に大きく掲載された。こういうことを素晴らしい挑戦であると考えるカナダの風潮にわたしは感動した。

日本では、いったいこういう実験に何の意味があるのかと平気で言う輩もいたが、宇宙ロケットの時代に、ダ・ヴィンチが夢見た人力ヘリコプターを実現してみようという義父の夢、何度も試行錯誤して十年もついやしていること、そしてその諦めない情熱にわたしは魅力を感じていた。しかしながら、パトロンなしで実験材料も自前であったから、資金を提供していたのは義母であり、相棒だった。子供のように夢見る義父を、わたしは「飛行少年」にかけて、「非行少年」みたいだとからかっていた。義父は、パトロンをさがし、資金調達の努力はしていたようだが、八十歳にもなる「飛行少年」に賛同し援助しようとする人はなく、何年も迷惑をかけていた義母の名前、ゆり子を「YURI I」号としたのは、奥さんへの感謝の気持ちがあったのではないかと思う。それが、初めて浮き上がったのだから、義母もまんざらではない様子だった。

シアトルにヘリコプターを送るのに、家の前まで五トントラックが入れず、まだ小中学生だった娘たちとわたしは、いかにも軽量で作られた、蝶の巨大な羽のようなヘリコプターの翼を壊さないように、一枚一枚気をつけてトラック迄運んだ。細い道を何度も行き来するわたし達を、通行人はいったい何であろうと不思議そうに見ながら通りすぎたが、まさかヘリコプターの翼とは思えなかったであろう。

ひとつ不思議なのは、一切の部品が共生住居の居間の吹き抜けの空間に収まっていたことである。まさか、空間に合わせた訳ではないだろう。そういう意味では、共生住居の吹き抜けは一役かっている。一枚の羽の日の丸の周りは、協力してきた夢見る学生達の寄せ書きで埋まっていた。こうして、義父の人力ヘリコプターは、シアトルに乗り込んで行ったのである。

その後、さらに改良して「YURI II」号の実験が続いていたが、なかなか打開策が見つからず、「アイデアが浮かばない」と淋しそうにつぶやくのを何度か耳にした。そしてとうとう限界が来たと判断したのか、「YURI I」号は航空博物館に寄付してしまい、「YURI II」号は成功を見せぬまま終わりを告げた。

共生住居での子育て

魔女を目指す少女

娘達がまだ幼い頃、義父は山積みした落ち葉の中にアルミ箔でさつま芋を包んで焼き芋を作った。落ち葉から上がる煙は目にしみ、風によって向きを変え、娘達にとってはそれを避けながら芋が焼けるのを待つのは、晩秋のひとつの楽しみであった。庭は幼い子供達にとっては物語を生み出す場所でもあった。

「魔女の宅急便」を映画館で見て以来、当時四歳であった次女は、竹箒を股に挟んで空を飛ぶ練習をしていた。「魔女のキキ」は、十歳になると家を出て修行に出なければならないのだ。箒に股がり、ジジという黒猫とトランジスタラジオを持って地球のどこか美しい街に辿り着き、宅急便の仕事をしながら一人で生きていく。それに憧れた次女は、竹箒に股がって跳ねるのだが、なかなか浮き上がるまでにはいかない。

「ぜんぜん飛べないよ～」と言う孫に、お爺ちゃんは「そりゃあ、練習が足りないんだろう」と答え、ほほえましく見ていた。

当時、義父は大学の航空宇宙工学科の先生をしていた。毎年、夏に琵琶湖で開催される「鳥人間」大会を初めて企てたのは義父である。

人力でいかに遠くまで飛んでいけるか、学生達が機体の構造から風力から緻密な計算と実験を繰り返し、記録を更新していくこの戦いは、人力で空を飛ぶという夢のある挑戦であり、学生達を熱狂させた。大会の一回目は、当然のごとく義父が率いるチームが優勝したのだが、今では全国の大学が参加して、当時では考えられなかったほど記録を伸ばし続けている。

竹箒で飛ぶという次女の夢はなかなか叶わず、「十歳までに飛べないと、修行に出られないよう」などと深刻に悩んでいた。ある日、義父は実際に大学で使っている軽量の材料を使って、翼を作った。小さな娘の肩にひっかけて両手を広げると、一見、巨大な蝶のようである。娘はバタバタと羽をはばたかせながら脚立から飛び降りたが、浮き上がらずに万有引力に基づいて、どすんと地に落ちた。「じいちゃん、これはだめだよ」と落胆していたが、「練習が足りんのだよ」と、義父は笑っていた。翼はどうもうまくいかず、結局箒に股がり、念力を込めて訓練を繰り返していた。いったい、何処に飛んで行って何の修行をするつもりだったのだろう。魔女の道は遠かった。

次女をデジタル娘とすれば、長女はアナログ娘であった。何をするにも時間がかかった。

幼稚園に行く時間になっても、外に出て、木々の間をびっしりと美しく張り巡らしている蜘蛛の巣を見つけると、巣を見上げたまま動かなかった。雨上がりで、糸がキラキラと輝いている。親としては、時間が気になってイライラするが、させるがままにさせていた。蟻の行列に目が止まると動かない。美しい夕焼けに出会うと動かない。微妙に色が変わり夕陽が落ちるまで。彼女にとって、こうした現象を言葉に変える術を持っていなかったのだろう。安易にキレイねと言うこともなく、ただただ黙って見続けているのである。小学校に上がる時も、まだひらがなが書けなかった。絵本は大好きなのに、言葉は分かるのに字が書けない。言葉と文字という抽象形と結びつけることが出来ないでいた。

初めて参観日で教室を訪れた時は唖然とした。教科書も開かず、ぼーっと窓の外に浮かぶ雲を見ている。先生が、理科の実験を説明し、「さっ。グループに分かれて」と言われても自分の席に座ったまま動かなかった。何をしたら良いのか分からないのだった。わたしは、これは大変、まるで窓ぎわのトットちゃんではないかと、社会との不適合性を心配した。家では普通なのに、学校という場所に彼女の居場所はないようだった。家で字の練習をさせる横から、デジタル娘がどんどん覚えていく。自転車の練習をさせたら、デジタル娘が何度もひっくり返りながらも、二歳半で乗りこなしてしまった。まるで姉を追い越すことが目的のように。それでも、アナログ娘は、妹に追い抜かれようが全く気にならないほど呑気であった。親としてはどうしたものかと心配はしたが、叱って直るものではない。どこかでスイッチが入るまで、ゆっくり見守るしかなかった。三年生になって、ようやく「ずっと頭が曇ってたけど、すっきり晴れた！」の一言で抜け出した。いったいどこの世界をうろうろしていたのであろう。同級生から変な子と見られていたであろうし、担任にもうとまれていたと思うが、一度も登校拒否はしなかった。

「だって、毎朝、じいちゃんが外を掃除しながら見送ってくれたし、家が楽しかったから」と答えた。

庭でのお遊び

近くに公園がなく、遊具がないので、庭に砂場を作り、ブランコと鉄棒も置いたので、我が家は同世代の子供達の遊び場になった。

夏はビニール製の大きなプールを置き、芝生に水をまくスプリンクラーから水が飛び散る中を走り回るのも遊びになった。冷蔵庫を買い替えた時の大きな段ボール箱も、そのまま庭に放り出すだけで、子供達は驚喜し、潜り込んでは、ごろごろと転がったり、ままごとの家になったりした。夏休みになると、朝から近所の子供達がやってきて、まるで保育園状態になった。その度にお母さん達とお茶を飲みながらおしゃべりするのも面倒になり、時間を決めて子供達を預かることにし、わたしは、居間のテーブルで仕事をしながら見守っていた。

その代わり、子供達にルールを与えた。来た時と帰る時は、必ず挨拶をすること。庭や居間で遊んだおもちゃは必ず片付ける事。ルールを破れば、我が家で遊ぶのは禁止すると約束した。

時には、砂場のおもちゃを放り出し、挨拶もせず庭を出て行く子供を追いかけ、首根っこを捕まえて引き戻し片付けさせる怖いおばさんでもあった。時には、娘と引っ掻き合いの喧嘩を始めることもあったが、すぐに間にはいらず、やるだけやらせて、様子を見計らってようやく仕事を置いて出ていくという有様。泣き叫ぶ二人を座らせて、喧嘩の原因を一応聞いてみるが、一方的にどちらが悪いのかわたしは決めることはせず、判断は二人に任せた。娘の腕には、はっきり歯形が付いていたが、子供は少々の怪我をしてでも喧嘩したほうが良いという野蛮な管理者でもあった。子供というのは、喧嘩してもいつの間にかまた仲良く遊んでいるものである。親の口出しは、命に危険でない限り、はっきりと叱らないといけないこと以外は、白黒をはっきりさせない方が良い時もある。

時には、砂場の砂をいじっては、その度に洗面所で手を洗いに来る子供もいて、「お洋服が汚れるから」と、泥だらけになっている娘の側で突っ立っていると、「うちはね、泥だらけは子供の勲章なんだ」と、得意そうに娘は言い、砂場に作った城のお堀に水を流していた。泥だらけになって帰って行く子供達は、母親からうんざりされていたかも知れない。高価でおしゃれな子供服を着せていたら、わたしでさえ怒るし、怒るのは嫌だから、お下がりやバーゲンで買ったTシャツを山積みにしておいたから、娘達は平気で汚しまくり、着替えては洗濯機に放り込んだ。

テレビゲーム

テレビゲームがまだ無い頃、娘達は家の中では人形遊びやお絵描きや、折り紙、レゴを使っての遊びが中心だった。

当時、初めてテレビゲームなるものが出現した。真っ先に飛びついたのは、娘達ではなく我々親であった。インベーダーゲームに夢中になった世代は、新しいことに弱い。ことに「ドラゴンクエスト」は物語性があって、次々と現れる怪物と戦いながらパワーを身につけどこかにある理想の世界を探し求めるのだが、わたし達夫婦は夢中になって、取り合いをする程だった。「スーパーマリオ」が出てからも、さらに夢中になり子供達が、側で見ていることとさえ忘れていた。

「こんな面白いゲーム、何故やらないの？」

と、ふと気がついて娘達に勧めたのはわたしである。娘たちは、コントローラーを押すことで、画像の中で生き物のようにキャラクターが次々と世界を展開していくことに、最初は怯えさえ持っていたが、すぐに慣れ、やはり夢中になった。画期的なゲームの出現で、子供達は外で遊ぶより、ゲームを持っている子供の家に集結して夢中になりすぎて、困っている家庭もあったが、ゲームばかりして勉強をしないとか、夜遅くまでやっていてなかなか寝ないとか、現在スマホで起きている深刻な悩みの原型であった。

わたし達が子供の頃、初めてテレビが出現した時も「人間の総白痴化」と言われたが、大宅壮一の警告は正しかったのか、どうか、テレビは空気のようにどの家庭にも場を占領した。

一切テレビゲームを拒否して、子供に与えない強固な親もいたが、わたしは、一日に一人一時間というルールを作ってゲームをやらせた。時代が変わりつつある。これから、このゲームの世界はどんどん広がり、子供達を席捲していくだろうという予感があった。その後、コンピューター、携帯電話とすごい勢いで世界を支配し始めるのだが、まだその頃は予想することさえなかった。ゲームを許可しても、目には悪いのは確かで、今迄本を読んだり、お絵描きで想像の世界に遊んでいたことを失う危険もあった。約束を守らないと、電源を切った。この母親は本気でぶちっと切ってしまうだろうと、娘達はぴったりゲームを終えた。「ファイナルファンタジー」が出た時は、さすがに辛かったようだが。まあ、また明日があるではないか。

わたしは子供の頃、父親の頑固さで、テレビは父の許すものしか見られなかったし、漫画雑誌は「バカになる」という偏見にて、読ませてもらえなかった後遺症がある。それゆえに、隠れて友達から借りて読む漫画はより刺激的で魅力的であった。でも、いずれ少女漫画では飽き足らず本を読む時期が来るものだ。当時、主人は、大人になっても電車の中で「ジャンプ」を読んでいる男であったが、今では膨大な本を読んでいる。本も書いている。世の中は、下手物で溢れている。そして、下手物の方が面白かったりする。頑なに拒否するよりそれはそれで読んだり見たり経験しておいた方が良いのだという、一方的な判断で、毎月少女漫画

「りぼん」「なかよし」を買い与えた。夢中になってはいたが、やはり卒業する時が到来して、二人とも本を読むようになっていた。現代では、漫画でも内容的にも高尚なものもあり、そう簡単に下手物とは言えなくなった。

お受験の始まり

その頃、小学校辺りから私立の中学に入れるために塾通いを始める子供達が増え始めていた。一旦私立中学に入ってしまえば、高校受験はなく、大学までストレートに行ける学校もあった。

公立の小中学校ではいじめがそろそろ問題になりかけた頃である。かつて公立校は学力において優位であったが、圧倒的に私立校が逆転した頃でもあった。どちらを選択するか、わたし達も悩んだ。どちらが、子供にとって幸せか。どう判断するかは親の意思に関わっていた。

わたしは、どちらのコースにも良いところと悪いところがあり、判断に迷ったが、小学校の三年生から六年生までの塾通いには抵抗があった。小学校時代には小学生にしか出来ないことがあり、学校から帰って、夕食のお弁当を持って電車に乗ってさらに勉強の特訓を受け、暗くなってから家に帰ってくるなんてまともではない。休日にはテストがあり、夏休み、冬休みも特別授業がある。テストの結果は偏差値に変換され、志望校まで判断される。それに一喜一憂し、親まで巻き込んでの戦いである。母親達は、お茶しながら話題は受験が中心であった。その強烈な熱心さには凄みもあって、わたしはお茶会を避けた。

わたしは、小学生時代は、勉強をおろそかにして良いとは言わないが、遊びの時間を奪ってしまうことを危惧した。また、夕食は家族揃っていただくのがまともな年頃だ。夏休みは、さて今日は何をして遊ぼうかと迷うほど時間がある。毎日プールで真っ黒になり、キャンプに参加し、親と旅行に出る。中学生になると、クラブに入ったりして、親とゆっくり遊ぶことも自然となくなる。もう二度と小学生時代は戻ってこない。今しか出来ないことが、それも将来に繋がる何かを見つけることさえある時代である。大晦日に、塾生が必勝と書いた鉢巻きをして、机にしがみついている様子を見て、その異常さに愕然とした。自分で進んでそれが当たり前としている子供も確かにいるのであろうが、わたし自身が耐えられなかった。子育てをしていて一番楽しい時間を失うことが……。

夫ともよく話し合い公立ルートを選ぶことにした。娘達は、塾に行くなど頭からなかった。だからと言って、ある程度学力を付けておかねば困る訳で、学習教材を取り寄せ、学校の宿題と教材をこなせば、後はずっと遊んで良いというルールを作った。「だらだらと時間をかけて勉強などするな」というのが親の命令で、娘達は自由を欲しさに短時間で勉強を終える集中力がついた。

当時、相棒は仕事が忙しくなり、終電を逃し、ホテルに泊まるか、ひどい時にはカプセルホテルに泊まることもあり、これでは身体が持たないので、事務所の近くにワンルームマンションを借りていた。一旦泊まる場所が出来ると、平日は東京に泊まり、週末に自宅に帰る習慣がついてしまった。それだけに、娘達と接触する時間が少なくなり、困ったものだと思ったが、父親とは常時接触するより、大切なことを決断する時、休日は努力して遊ぶことで密度を上げれば、父親の役割と威厳を維持できると考えた。

冬はスキー、夏は東京保育と称して、狭いワンルームで雑魚寝しながら、二、三日、父親の経営する事務所で、父親はなにをしているのか所員に混じって、仕事の様子を邪魔しないように観察していた。模型材料の破片で何か作りながら、所員達から話を聞くのも面白そうだった。遊園地に行ったり、映画を見たり、ちょっと洒落たレストランで食事をしたり、不在の多い父親の仕事場訪問は、娘達にとっても楽しい小旅行だった。

突然「『天国に一番近い島』に行こう」と言い出すのはわたしだった。まだネットのない時代にあらゆるパンフレットから子供は半額というような安い旅行企画を探しだし、ニューカレドニアまで行ったりした。南洋の海は美しく、見た事も無い色の奇麗な魚をシュノーケリングで見た記憶はいまでも印象強く残っているはずだ。馬に乗ってジャングルのトレッキングをしたのもまた初めての経験だった。

突然「三六〇度の地平線を見に行こう」と言い出すのもわたしだった。オーストラリアのエアーズロックに登って地球を見渡した、地平線と大地に沈む夕陽の美しさ。娘二人はその雄大さにいつまでも動かなかった。

ではこれはどうだと、「万里の長城を歩こう」と言い出したのもわたしである。上海から西安の中国旅行。子供はそうそう海外旅行に出ない時代、わたしは、裕福でもないのに格安旅行を探し出した。娘の友達の親から「すごいわね、余裕がありますこと」と皮肉を言われたが、塾の費用を考えればそう変わらない。もっと安く済んでいたように思う。それは、お受験に熱狂し、子供の将来の幸せというこうとにかこつけて、親の夢か見栄で子供を縛り付けることへの反抗だったのかも知れない。一流の学校に行くことが幸せを保証するとは思わなかったし、十歳までのくらいの二度と戻ることのない時間、今生きている間にこんなに面白いことがあると見せてやりたかった。と、格好の良いことを言っているが、わたしが行きたかったのが本音かも知れない。幼い時に、地球の輪郭を見ることは、彼女らにどんな影響を与えたかは知らない。

このようにして、人は人。わたし達のやり方で大胆に遊んでいた訳であるが、本音は他にもあった。私学は私学で理想的な教育方針があり、男子校と女子校に分かれる。学費がかかるから、家庭は裕福で、親達もまた高学歴で家庭環境が似ている子弟が集まる。だが、世の中は公立社会なのだ。いろんな家庭の人間がおり、生活レベルも様々で、最初から勉学に興味のない者もおり、時には悪さをして教師を困らせ、将来やくざに就職しそうな者もおり、ふざけて授業妨害する者もいる。いじめもあるだろうし、教師もまた私学のように揃っている訳でもない。でも、それこそ公立で、世の中の格差と善悪の混在と不条理の縮小版である。子供にそんな経験をさせたくないと親は願うが、わたしも夫も娘達の命にかかわらない限り、見ておいた方が良いのだと考えていた。わたし達も高校まで公立の時代に育ち、団塊世代は特に人数が多すぎて中学時代は一学年に十七組もある混沌の中で生き抜いた。世間に出て仕事をするようになって、起きて来ることは、その縮小版の世界ですでに経験済みであった。建築の現場には元暴走族という職人達もいたが、抵抗はなかった。

義父と義母は公立国立ルートだったが、孫に対して子供時代に勉強ばかりさせることには反対だった。それこそ、いろんな人間や世界を見ておいた方が良いと賛同してくれたことは、幸いであった。

ペットたち

娘たちが幼いころから、我が家にはいつも動物がいた。わたしも夫も幼いころから、犬を飼っていたから、犬がいるのは自然のことだった。下の娘が保育園に入った頃はピークで、犬、猫、ウサギ、ハムスターもいた。犬は鎌倉の教会の裏に捨てられていたのを拾った人からもらい、猫は近所で生まれたのをもらい、ウサギは近所の人が飼っていたもので、引越をするというので小屋ごといただいた。雄の黒は小屋の上段に、雌の白は下の段にいた。一緒にさせるとすぐに子供が出来るからである。さすが雑誌プレイボーイのマークになるだけあって、雄は精力絶倫で、年に二回も子供を産ませる。

一回に七羽ほど産むので放置しておくとねずみ算的に増えていく。自然界ならまだしも、家庭で飼うには家庭内別居が正解である。

犬は、「ナナ」と言い、娘達が生まれる前からいた。番犬兼残飯整理という役目を負い、庭の小屋で平和にやっていたのに、次々とペットが増えていくのをどう思っていただろうか。

野良犬の時にいじめられた経験があるのか、我が家に来た時から拾われたことに感謝しているようなところがあった。食べ物には一切不満な態度を取ることもなく、吠え方も家人と訪問者をきっちりと見極めた。八十歳を越えた主人の祖母が散歩させる時は、無理に引っ張らないように歩調をあわせるという、なかなかよくできた犬だった。

猫、「甚八」は、オスで血筋が野良だったのか、人になつかず、唯一下の娘にしかなつかなかった。おっとりとわたし達の膝に寄り添うこともなく、猫好きのわたしにはただの居候でしかなかった。外で喧嘩をしては傷だらけで帰ってきて、餌を食べてはただただ寝ていた。傷に薬を塗ってやるが、舌で舐める方が良いのか、逃げ回る。余りに可愛げがないので、耳に噛まれた跡があり、ピアスをつけると丁度良い穴で、ピンクのハート型のピアスをつけて「可愛いわよ!」とからかってみたら、ぶりぶり振り回して睨みつけられた。餌は、猫用の缶詰だったが、カツオが続くと残し、ツナ缶に変えるとしばらく続くが、拒否するので次はサバ缶。残飯で満足しているナナを見習えと言いたいところだが、カツオ、ツナ、サバのローテーションを組まされた。飼い主がなめられていたのだ。

秋のある日、食卓に並べたサンマを一匹くわえると階段を駆け上がろうとしていた。さすがに、頭にきて、わたしは新聞紙を丸め、「こらっ。サンマを返せ！」と追いかけたが、敵はしっかりサンマをくわえて二階の踊り場から見下ろしていた。猫が焼きたてのサンマをくわえて逃げる様は余りにも猫らしく、怒るより笑ってしまった。娘達もその漫画のようなシーンにゲラゲラ笑い、「甚八逃げろ～」と猫の味方である。やれやれ、猫というのはどうしてこう個性的なのであろう。だから猫好きなのだが、甚八だけは、どんなしつけも効果なく自由であった。

猫のいる家でハムスターを飼うのはまずかったのかも知れない。ハムスターのつがいは、かごの中でせわしく餌をついばみ、からから回る運動機の中で走り続けていたが、突然頭が円形脱毛症になった。猫がわざわざカゴの上で昼寝することがあって、それがストレスになったらしい。猫は手を突っ込むこともなくただ寝ていただけだが、いわば「天敵」がずっと頭の上にいたわけである。娘達がハムスターをテーブルの上で「ハムちゃん、ハムちゃん」と可愛がるのを襲うこともなく遠くから見ていただけだが、仕返しが陰険ではないか。カゴの上で昼寝するだけでじんわりといたぶっていた訳だ。その内に、オスのハムスターは死に、あとを追うようにメスも死んだ。

その頃には、ウサギが身ごもっていた。小屋を掃除したすきに、プレイボーイは機会を逃さなかったらしい。すごい早業である。オスを隔離して出産体制に入った。藁の中で出産したようだが、うっかり手を出すと赤ちゃんを殺しかねないので、餌と水だけ与えて時期を待った。ある日、一羽の赤ちゃんが母ウサギに押し出された。まだ毛も生えていない。

生まれたてで、小さな手を縮めて、かすかに息をしていた。

藁の中に戻してやったのだが、次の日にまた押し出されて、今度は死んでいた。娘達は可哀想な赤子を埋めて墓を作ってあげた。

三週間も経った頃、汚れきった藁の中から子ウサギが一羽飛び出たかと思うと、次々と飛び出して来ては跳ね回り、その可愛らしさといったらなかった。どれもピーターラビットのグレーで、全部で六羽いた。一ヶ月ぶりに小屋を掃除し、疲れ果てた母親のおっぱいに子ウサギは重なるようにして吸い付いていた。

母親のおっぱいは六つしかなかった。母親に追い出されたあの一羽は、この競争からはみ出てしまったのだと、あとになってから分かった。動物界の残酷な習性だ。

このウサギ達の誕生は、娘達に取って童話の世界がそのまま目の前に現れたようで、一挙一動に大騒ぎで、遊ぶのに夢中になった。砂場に囲いを作って放すと、どんどん穴を掘り、囲いの外側に逃げ出すこともあって、素早く逃げ回るのを捕まえるのもまた子供達の遊びだった。さすがに全部飼うわけにはいかず、四羽は近所の人にもらわれていった。

人になつかない猫は、六年目の冬のある日、いやになついて珍しく夫の膝の上に乗って来たので驚いたが、次の日お尻から血の混じった便を垂れ流して死んでいた。あれは最期のご挨拶だったのかも知れない。下の娘にだけにはなついていただけに、学校から帰って来た娘は猫を抱き、ストーブの前でさすりながら泣き続けた。温めても猫は生き返らなかった。初めて愛するものの死に直面して、娘はそのショックから一週間しゃべらなかった。

拾われた犬は、十六年目にして老衰から立ち上がれず、上の娘はバスタオルをかけ、さすり続けていたが、横たわったまま静かに死んだ。静かな目はやはり感謝に満ちていて、思わず、「お前は人間のできた奴だったよ」と夫と二人で変な言葉をかけてしまった。

動物は死ぬ時が嫌だからと、飼わない人もいる。動物はいつか死ぬ。しかし、可愛がるばかりでは済まず、毎日世話をし、動物の個性を愛し、可愛がる時間を共にすることは子供達のこころを癒し、楽しかった時間を共にすることは大切なことである。病気をしたり、老いて汚くなっていく最後まで世話をすることもまた動物を飼うことの責務であることを理解する。そしていつか死ぬ。愛した分だけ悲しみは残るが、生き死には自然現象だ。人間もまたそうであるように。家庭の中で死を見る機会が少なくなった現代社会では、動物の生死は娘たちの心に残る出来事である。

これらの動物達は全員、庭の片隅に埋まっている。死ぬたびお爺ちゃんは木の陰に穴を掘り、お婆ちゃんまで出て来て全員でお葬式をした。穴の底に葉っぱを敷き、屍をそっと置いて花で飾り、「楽しかった時間をありがとう。天国で幸せに暮らしてね」などと似顔絵を添えて、時には娘は手紙を入れた。しばらくは小枝で作った十字架が立っていて、娘は学校に行く前に手を合わせていたが、いつの間にか草が生え、墓はどこにあるか分からなくなった。四羽いたウサギも次々亡くなり、庭の一部はペットの霊地であるが、そこに桜の木を植えたら、見事に大きくなって家の中から花見ができるようになった。できればわたしもここに埋めて欲しいと思う。栄養たっぷりで、桜はさらに大木になって狂おしく咲き乱れるであろうが、土葬はやはり動物までで、墓石の下に少しでも骨が埋まっていたら、それで共生住居の意味は成り立つのだろうが、そこから生き残った者たちの日々の動きを見ているのは面白いかも知れない。

全く懲りない奴だと自分でも思うが、動物のいないこの住居は不自然で淋しい。

猫は獣医さんの紹介でいただいた雑種兄妹で、オスの兄は黒猫、メスの妹は三毛猫で、それぞれ「ジジ」「キキ」と名付けられた。子猫のじゃれ方や、絡み合って寝る姿はたまらなく可愛く、元飼い主が家猫として親猫を可愛がっていたせいか、性格は穏便で誰にもなついた。

特に黒猫のジジは、個性的であった。ビロードのような毛並みで、しっぽは長く延びしなやかだった。だいたい黒猫は遺伝的に劣性で病気がちだというが、やはりよく病院通いをした。本人は、この共生住居のお守り役と自覚していたのか、垣根の隙間から入ってくる猫と戦い、喧嘩して怪我をしていたり、頭がガサガサになり、皮膚病かと思ったらダニに食い荒らされた跡だったりした。その度に病院通いで、家に閉じ込めておいたら我慢ならず、二階の網戸をぶちやぶって逃走したこともあった。平和なときは、黒塀の上に寝そべり、長いしっぽをたらりと垂らし、昼寝をしていた。一羽のカラスと座っている時もあり、仲が良いのか、お互い黒いので仲間と勘違いしていたのか、ジジは追い払うこともなく、カラスは逃げもせずのんびりと座っているのであった。丁度、我が家の前がゴミの収集場所で、生ゴミの時は油断するとカラスの集団に引っ掻き回される。ある日、箒を持って、カラス集団を追っ払おうとしたら、ゴミの中からジジがカラスと一緒に飛び出て来たことがある。まさかゴミあさりをしていたとは思えない。仲間だと思って一緒に遊んでいたとしたら、不思議な猫である。

犬を初めてペットショップで買った。ケースにいろんな子犬が並んでいたが、最初のアイコンタクトで目が止まってしまった。ガラスの向こうでこっちに向かってぴょんぴょんはねて、犬は明らかにわたし達に飼ってほしいと訴えている。問題は犬種がスピッツということで、犬の中でもスピッツだけは避けたかった。昔スピッツが流行った頃、いつまでもキャンキャン吠えるので、「あのおばさん、スピッツみたいね」と例えたくらいだ。ショップのおじさんが、品種改良した日本スピッツで、余り吠えないし、身体も中犬程度にしか大きくならないと説明している内にも、子犬を抱かされた娘たちは放さなかった。ペットにも相性というか運命的な出会いというものがあるようだ。誰からも愛される同居人となった。

問題は、猫達とうまくやっていけるかだ。猫の方が先輩なので、犬は最初からジジのお尻を舐めることで服従の位置を決めたようだった。「ぺぺ」と名付けられた犬はどうやらジジと相性が良かったらしく、三角関係ですねたキキははみ出され、お隣のお婆ちゃんの猫になることに決めたようだ。時にこちらが側に来て、娘たちとじゃれていたが、ジジとはもはや接触しなかった。ぺぺは普通にキキとも服従のご挨拶をしていたが、キキはあまり馴染まなかった。ご主人が帰宅すると、玄関で白いぺぺと黒いジジが並んでお迎えをするのだから、玄関のドアを開ける前の疲れた主人の不機嫌な表情も一気に和らいだ。だから、ペットを飼うのは止められない。

思春期を迎えた共生住居

娘達が中学生になった頃には、庭で遊ぶこともなくなり、砂場は埋められ、遊具も片付けられた。クラブや勉強で忙しくなり、時に友達を連れて来たが、おやつを食べながらおしゃべりをするか、テレビゲームをするかで、居間はそのたまり場になっていた。

この住居には、子供のための個室というものがない。二階は吹き抜けの居間を囲む回廊のようなものなので、仕切り戸を閉めると一応個室にはなるが、廊下がない。次の部屋に行くには「失礼」と声をかけて通してもらわざるを得ないのだ。娘二人が南側の二階を占領しているが、お互いに通り抜けを嫌い、面倒なことになっていた。

　この住居が建った時は、娘達はまだ小さくて、親と一緒に寝ていたし、子供のプライバシーなんて人格が出てきてからの話で、最初から個室など作らない方針だった。子供が個室に入ったまま何をしているのか分からない、いわゆる部屋を分断するプランに抵抗もあった。小学校から中学校までは、仕切り戸で一応の個室になり通り抜けもお互いあまり気にしなかったのだが、高校生ともなると姉妹といえども誰にも邪魔されない空間が必要になってきたのだ。改造するには難しい構造で、両親側の二階を占領していた上の娘は、次女の部屋を通り抜けることができず、結局両親側の台所を抜け、階段を上がって自分の部屋に入るという奇妙なラインに我慢していた。でも、お爺ちゃん、お婆ちゃんがお茶していたりすると、そこが停留所になって、一緒にお菓子を食べながら話をするという意味では、義父も義母も丁度良い孫との会話の機会だったとも言える。

　義母はお菓子を作るのが上手な人で、時には「お茶しない？」と娘達を誘った。外のガーデンテラスで、デンマークの器を使い、お茶することもあった。夜は遅くまで起きている人で、受験勉強している娘の夜食にもお菓子を用意してくれていた。高校生ともなると母親には言いにくいことも、義母には話せたことも多かったと思う。

特に次女は中学生時代に私に対する反抗期があった。親としては同じように接しているつもりなのだが、ついつい長女と話すことが多く、次女は話したい時に母親とゆっくり話せないことが原因だったように思う。次女にとっては他にも不満があったのかも知れない。また、小学校時代に勉強より遊ぶことを重視していたため、中学校に入ったとたん成績が重要な世界であることを知ることになった。親としても、放置しておく訳にはいかず、高校受験のために力を入れざるを得なくなった。この親の変貌への反発もあったのだろう。偏差値という言葉が交わされることになったのもこの頃のことである。受験もまた世の中の競争で数字によって振り分けられる。それにも抵抗を持っていた娘に中学二年生の後半から、受験用の塾に通わせたことがさらに反抗期を助長させた。娘はわたしと話すことを避け、何を言っても返事は「うん」「まあ」だけで一単語しか返ってこなかった。結局本人の希望した高校、大学に進学したが、一度だけ、学校に行かず、絵を描くことが好きだった娘は筆一本持って、世界を放浪したいと言ったことがある。それもまた面白い選択かとも思ったが、普通の親らしく教育だけは受けるよう反対した。四歳の頃、箒に股がって空を飛ぶ練習をし、十歳で独立すると言っていたことを思い出す。箒の代わりに筆一本で独立を目指していたのかどうか。

わたしは子供を支配したり、親の理想を押し付けることを極力避けてきた。人間としての基本的なルールは教えたつもりだが、何を糧にして生きていくかは本人の自由に任せた。ところが、やはり年頃になって、娘二人は「何をやってもいい」という自由でありながら、不自由な思春期を迎えていた。「大いに悩め」と見ているしかなく、その苛立ちから親への反発も仕方ないことだったろう。「若いのだから失敗してもいいのよ。やりたいこと、何でもやってみたら。人生は長過ぎるのよ」と言っていた義母は、娘と母親の葛藤の間に入って、いつも美味しいお菓子と紅茶を用意していた。共生住居の良さは、一世紀近く生き抜いてきた老人のいることだ。要所要所で潤滑油になって、強制せずゆったりと眺めている存在は貴重だった。

建築家という過激なイキモノ

多難な始まり

建築家という過激なイキモノと結婚したために、建築家が巻き起こす事を理解し、設計事務所を維持していくためには、相棒として一緒に戦うしかなかった。覚悟を決めてから三十年、振り回されながらわたしはどこかで面白がっているところがある。苦労は絶えず、何度もつぶれそうになったが、同じ苦労するならここまで刺激的であれば却って面白さが伴うものである。救いは、苦労の結果が建築という形になって残るということである。わたしには巨額のお金を残すよりはるかに達成感が残る。

何とかやってこられたのは、運が良かったのと限りない建築に対する情熱であった。普通の夫婦のような平安が全くなかった訳ではないが、普通の夫婦ではなかった。夫のことを相棒と呼ぶのは、お互いに仕事の共犯者であったからだ。共生住居は、わたしと両親、娘達の暮らす場所ではあったが、相棒はどの程度この住居に居たであろうか。週末とお正月と夏休みだけ滞在していたが、彼にとっては唯一休息を取る場所で、ひたすら眠り、日曜日はスポーツクラブでテニスをしてサウナに入り、疲れが抜けるとまた眠り、家族と夕食をとるのは週末だけで、また戦場に出て行った。それは今も続いている。なんとタフな生き物であろう。だが、それが出来るのはいつでも帰ろうと思えば帰れる場所、共生住居が平和に保たれていたからであろう。

一九八一年、相棒は三十歳の春、菊竹清訓建築設計事務所を退職し、大した仕事もなく独立した。丁度オイルショックの時で、こんな不況時に独立なんてと反対した人もいた。最初は仲間三人で始めるつもりで、その一人が郵便局の仕事を持ってきたので、決断したようだった。仕事場として、九段下の千鳥ヶ淵公園の入り口に戦前からの古いビルがあり、そのレトロな雰囲気と環境の良さで、保証金が高いにもかかわらず一室を借りることにした。窓からは、千鳥ヶ淵の桜が見え、武道館の屋根が見えた。

　独立する時のために、資金を貯めていたが、設備投資には足らず、自分のドラフター以外に追加は出来ず、ビールケースの上に戸板を置いての図面台だった。テーブルや椅子は古道具屋から安く買い、アルバイト一人を雇うのがやっとだった。他の二人はまだそれまでの職場で働きながらの参加で、いずれ三人で始めるつもりでいたらしいが、こちらは退職しての覚悟で始めた訳だから、収入が途絶え、それまでの貯蓄で暮らすはめになった。相棒は一人で郵便局の仕事に励み、施主からは信頼を得ていた。ところが、将来マネージャーとして一緒にやろうとしていた一人が、施主との仲介に入っていたが、金銭的なことは彼が握っていたために詳細が正確に伝わっていなかった。あることから、すでにピンハネしていたことが判明して、喧嘩になり、分裂するという結果になってしまった。彼は、最初からそんな無責任な関わり方で、相棒を利用するつもりでいたのだろうか。

唯一救いだったのは、事情を話すと施主はそのいい加減さに怒り、相棒のことを信頼して一切の契約金をこちらに任せてくれたことだった。

期待していたマネージャーは、自分が持ってきた仕事を相棒に取られたという一方的な恨みから、図面をそっくり持ち去ってしまった。たちどころに困ったのは相棒である。話をしても拉致があかない。図面の所有権は事務所にある訳ですでに彼自身のものではない。弁護士に相談したらという意見もあったが、そんなことをしている暇はない。わたしは側で見ていられなかった。大船の警察署に電話で相談し、これは窃盗に当たるのか聞いてみた。

担当者は、盗難届を出したら刑事が動きますと、言ってくれた。わたしは、早速当人が勤めている会社に電話し、当人を呼び出した。「あなたね、あれだけ信頼していたのに何てことしたの？勝手に持ち出すなんて窃盗に当たるわよ。警察に相談したの。今日の夜の十時までに戻さなかったら、明日会社に刑事が行くことになっているから返しなさい」と言ってやると、当人は慌てて「それって、脅迫だろう」と怒鳴り電話を一方的に切ってしまった。刑事が行くなんてウソだ。職場に刑事なんかが来たら致命的だ。その夜、図面を戻しに来た。この一件で、彼とは完全に決裂したが、この機転は郵便局の局長から信頼を受けた一因でもあったと思う。わたしもまた、とっさにこういうことをやってしまう自分に驚いた。最初から多難な始まりであった。

もう一人も参加することはなく、結局一人の事務所として始めることになる。今でも、思い出すのもいやな事件であったが、最初に手がけた郵便局の局長は太っ腹な人で、次々と知り合いの郵便局を紹介してくれた。おかげで、所員を雇うことが出来るようになり、目の見えない人のための美術館、ギャラリーTOMの仕事に展開する。それと同時に共生住居の建設が始まった。

マネージャーを失った今、代わりをわたしがやるしか他なかった。毎月家賃、電話代、アルバイトへの支払など追いかけてくる。経理に対しては無知だ。長女はまだ二ヶ月で、ミルクを飲んでいる頃だ。仕方なく、通信で教材を取り寄せ経理の勉強を始め、一応の仕組みを理解してから、安く面倒を見てくれる税理士をつけた。娘をおぶって銀行での振込。あの頃は、帳簿は手書きで、子育てをしながらの作業だった。人の伝手で、住宅の仕事も少しずつ動き始めていたが、事務所の維持と食べるので精一杯だった。

その頃の仕事は、建築のジャーナリズムからも認められず、建築家としての仕事として、丁寧な作り方をしていたが、人に訴えるような個性はなく、本人もまたいったい何を表現しようとしていたのかはっきりせず、雲の中にいるようだった。まさか、食うためだけの建築を目指していた訳ではない。学生の時から、建築に対して大きな夢を語り、その情熱は熱の固まりのようであったのに。卒業設計で賞を取った案は、生と死をテーマにした壮大なものだった。わたしは、建築雑誌に載ったそのプランを見た時、ちょっと泣けた。しらけた世代と呼ばれていた若者の時代に、取り憑かれたように建築の理想を語る彼と何度も会う内に、彼には何かあると直感し、わざわざスペインまで追いかけて行ったのであるから。

吉阪隆正から建築の良心を学び、フェルナンドから天才の感性を学び、菊竹清訓から大胆な直感を学び、こうして独立した訳だが、現実は街場の小さな仕事ばかりで、このままただ食うためにだけ建築を目指した訳ではなかったろう。わたしは、銀行通帳の残り少ない残高に翻弄され続けるのであろうか……と、暗澹たる思いだったが、いつかチャンスは来ると信じるしかなかった。

三十代の混沌

一九八〇年の冬、吉阪さんが亡くなった。六十四歳という若さだった。早稲田大学の教授をしながら、多くの役職を抱え、自分の設計事務所であるU研究室を維持しながら、多くの原稿を書き、多忙を極めながら酒と煙草の量が半端でなく、それが知らぬ内に身体を蝕んでいた。癌の進行は早かった。

わたしは、上の娘をお腹に抱えていたが、聖路加病院までお見舞いに行った。カリスマの入院は、弟子のガードが固く、普通の人間が会うなどとんでもない雰囲気であったが、先生のお声がかかり、特別に会わせてもらえた。痩せ衰えた先生はベッドで身体を起こしておられたが、それを見たとたん胸がつかえ、言葉がなかったが、笑顔で「先生、どうしちゃったの？」などと、声をかけるしかなく、

「五月に子供が生まれます」とお腹を見せた。先生は微笑みながら、「そうか」とおっしゃり、「書いていますか？」と思いもしない言葉をいただいた。「もう、その辺で」と、お弟子さんに制止され、「先生、元気出して」と言いながら涙が溢れた。その後、奥さんと病院の食堂でコーヒーを飲みながらおしゃべりをした。奥さんは、癌の末期とは言わなかった。「おひげの先生の内臓が腐っちゃってねえ」と煙草を吸いながら疲れた眼差しで遠くを眺めておられた。それから二ヶ月程して先生の死が伝えられた。

先生の葬儀では、自宅の側にあるU研究室にお棺が置かれ、モーツアルトのレクエイムがかかり、壁には写真が並び、来客は花を一本ずつお棺に入れ、先生とお別れをした。外では、テレビ画面に元気だった先生の映像が流され、来客のために大量の酒と豪華な食事が用意されていた。

奥さんは、自宅の、いつも先生が座っていたこたつに座り、一切お酒が飲めない人だったのに、一升瓶を置き、酒をあおりながら、泣いているとも笑っているとも言えない狂ったような表情で「おひげの先生はね、バカなの。何でも引き受けちゃって、身体のことなんかちっとも考えちゃいない……」と訳の分からないことまでしゃべっておられたが、わたしはずっと側に付き添って奥さんの哀しみを共有するしかなかった。

その葬儀で知り合ったのが、能面打ちの谷口明子さんだった。京都弁をしゃべる人だったせいか、最初から気が合い、それからも連絡を取り合っている内に、家を探しているということで、北鎌倉の貸家を紹介したことでご近所の住人になった。女性の能面打ちは珍しい存在で、観世寿夫さんが実際に彼女の女面を舞台で使われたこともある。寿夫さんが早世されてから、当時、観世流の舞台「銕仙会」の建替えの話が起きていた。すでに企画会社が入っていたが、谷口さんは観世栄夫さんに相棒を紹介した。能舞台の設計にこの若さで関わることに相棒は情熱を燃やし、観世栄夫さんに気に入られることになる。この企画に村山治江さんという人が障がい者のための小さな美術館を参画させようとしていた。だが物事はうまく運ばなかった。

「鋏仙会」側には受け入れられず、そこにきてどんどん設計を進めていた相棒もまた監理に入ったとたん、追い出されることになる。この時の、相棒の落胆たるや慰めようがなかった。若さ、建築家としての実績のなさによって、このように使い捨てされる悔しさを味わうことになる。

果たして、企画会社が別に雇った設計士によって図面に近い形で建物は完成した。ところが、紹介してくれた谷口さんから、猛烈な非難を浴びることになる。打ちっぱなしコンクリートの建物自体が許せないということだった。相棒にとっては、打ちっぱなしといえども、画期的な構造を持ち込んでいたのだが、監理できなかったのは致命的であった。怒り心頭の彼女に説明しても、感覚的にコンクリートは嫌いだと言い切られ、こちらはただただ頭を下げるしかなかった。それ以来、彼女との関係も悪化し、修復はできなかった。

一九八二年、相棒と共に「鋏仙会」を追い出された形になった村山さんは、渋谷の松濤に土地を買い、自宅をギャラリーとして建てることになった。設計は相棒に依頼した。息子さんの目が不自由であったため、目の見えない人が彫刻を手で触ってよいという、日本でも初めての企画をもったギャラリーだった。ご主人村山亜土さんの父親は村山知義という有名な画家、劇作家と多才な人であった。彼女の人脈は広く、また謎多きサロンの女王的雰囲気を持っていた。彫刻家、デザイナー、陶芸家達も賛同してこの企画に加わった。松濤という高級住宅地には、有名人も多く住んでいて、丁度道路の向かい側に住んでいた政治家からクレームが入り、相棒は一人乗り込んでいって説得することもあった。建物は、大胆な構造で、彼の将来に関わってくるような大きなチャンスであった。

村山さんは、全て相棒に任せ、一切口出しはしないということで、こういう太っ腹な女性がいることに、チャンスを与えてくれた彼女にわたし達は感謝した。村山さんも、わたしのことを気に入ってくれたのか、食事に誘ってくれたり、元々ジュエリーの仕事が彼女の本来の仕事であり、時には、指輪をデザインしてプレゼントしてくれた。そんなことから、毎夜電話があり、現場の進行状況や、今後の企画など、一時間ばかりの会話が彼女との日課になっていた。彼女の話術は魅力的で、誰しも魅了されていく。わたしもまたその内の一人だった。相棒はこの仕事に全てを賭け、所員も一丸となって格闘していた。

一九八四年、建物は完成した。村山知義さんの名前から「ギャラリーＴＯＭ」と名付けられた。オープニングには多くの有名人が集まり、パリからシャンソン歌手のグレコまで来ていた。

このギャラリーは、マスコミでも話題になり、村山さんはジュエリーの世界から抜け、話題の人になった。小さいながらも大胆な設計に興味を持たれ、建築雑誌にも掲載された。

わたし達は、これがデヴュー作になると信じて、街場の界隈からの脱出だと希望が広がった。ところが、天井の一部、鉄骨とガラスの隙間から、雨が漏ったのである。原因は鉄骨の処理の仕方の不備であったらしいが、構造家も建設会社も責任は取らず、設計者の責任となった。毎年のように相棒は、所員と屋根にのぼり処置をしたが、雨漏りは一時的には解決はするが、完全に止まることがなかった。

インタビューに来ていた建築雑誌の担当者は、これについて酷評を掲載した。この批評は建築界に広がり、若者による無謀な建築として有名になった。わたし達にとっては、針のムシロに置かれたようなものだった。わたしは、今でも画期的ないい建築だと思っているが、ＴＯＭは、悲劇のデヴュー作となった。一方で彼女はこのＴＯＭで次々と企画をたて成功させていった。

どれだけ一生懸命この建物に力を注ぎ込んで来たかは理由にはならない。「銕仙会」といい、ＴＯＭといい、連日徹夜までして情熱をかける程、頓挫してしまうことにわたしは運命的な不安を持ち、また合わせて何か相棒は不器用な要領の悪さを兼ね備えているのではないかとも思ったが、本人は憤慨しながらも、設計中に何かを得るのか、さらに建築とは何かという問題提起をしているようで、前向きだった。さすがにつらそうなこともあったが、わたしの返事はいつも同じ。「不運が重なったのよ。あなたには才能がある。自分を信じる事よ」であった。男にとって、「才能がある」という言葉程、元気づける言葉を他に知らない。

案の定、その後仕事は来なかった。わたし達は疲れ果てていた。三十代半ばで倒産ということもあり得る。わたしは、「エジプトに行こう」と相棒を誘った。事務所にそんな余裕はなかったが、へそくりマニアのわたしはこんな時こそ使ってしまえと思った。義母は夏休みだったので、まだ下の娘が哺乳瓶でミルクを飲んでいるにも関わらず、無理を言って預かってもらうことにした。初めて目にするピラミッドは迫力があり、途中まで上ってみると、砂漠の風景は素晴らしかった。かつてシルクロードを放浪した時のことを思い出す。

「あそこに帰ろう」とは何もなかった時のわたし達の言葉である。事務所がつぶれたって、健康と夢がある限り、二人になってもやっていける自信があった。砂漠に沈む夕陽を見ながら気持ちが新しく蘇ってくるようだった。

女王の墓のあるアブ・シンベル神殿、ルクソール神殿の廃墟、ツタンカーメンが眠る王の谷。ルクソールからカイロまで汽車に乗って戻る八日間のスケジュールびっしりの旅ではあったが、日本に戻ってみると、「仕事の電話が入っています」という異変が起きていた。風向きが変わったのだ。

それ以来、わたしは仕事の波が底辺を這う時、どんなにあがいても動きそうにない時、借金までして新しい車を買ったり、家の居間のインテリアを全て変えるという無茶なことをやった。不思議なことに、風向きがかわり、沈滞しているお金の流れに動きが生まれる。無謀なことで、何も起きなかったらどうするのかと思うが、何かが変わるのだ。余裕のない時は、余裕のある顔をしている。余裕のないしけた顔をした事務所に誰が仕事を依頼してくるだろう。苦しい時ほど沈殿しているものに風をいれ、景気の良さそうに明るくしていれば、隙間から幸運が忍び込んで来る。これは真理とはいえないが、わたし達のジンクスとなった。

その頃、ようやく共生住居が少し落ち着いた頃で、多くの若い建築家を招待してパーティをした。TOMで話題の人になっていたせいか、五〇人ばかり集まった。TOMの話はほとんど出ず、バーベキューで大量の肉を焼き、あびるほど酒を飲んだ。最後にレンガの炉にかき集めた木を燃やし、たき火にすると、学生運動時代の闘争時のことを思い出す者もいて、肩を組んで岡林信康の「友よ」を歌い出すもの、故郷のことを思い出すのよと、共生住居の屋上から「木曽のなあ～御岳山」と歌い出す女性もいた。この狂乱は、若い建築家達の、相棒への励ましだったのかと懐かしく思い出す。

それ以来、毎年共生住居でのバーベキューは慣例になった。所員達の時もあり、建築家やアーティストの時もあり、相棒は早稲田で非常勤講師をしていたので、学生達も楽しみにしていた。芝生の庭は多くの人数を収容可能であったし、山に囲まれた空気の良さが人を呼んだ。また、コンペがあると、所員達は泊まり込んで作業をした。私は、まるで相撲部屋の女将のようであった。

バブル時代の隠遁

ＴＯＭの失敗で挫折している余裕はなかった。食っていかねばならないのだ。コンペはやってもやっても落ち続け、力を入れればそれだけ費用がかかり、それさえも落選すると札束が落ち葉のように消え去る。相棒は所員を食べさせるために、都市計画のコンサルタント会社の担当者が困っているような仕事を受け、内容に見合わないお金でアイデアを提供したりしていた。とあるデベロッパーからある開発の構想計画の仕事を依頼され、ようやくまともな仕事が来たと思ったら、計画を仕上げて提出した段階で、信じられない金額で買い取られ、その後の仕事に参画できないということもあった。

建築家というのは、仕事が来たとたんに建築に頭は支配され、契約金額交渉は苦手のようだ。完成前から自分のアイデアを金銭に結び付けるのは確かに遠慮気味になってしまう。子育てをしながら経理と資金のやり繰りをしていたわたしは、マネージャーとして前面に立って交渉をすべきか何度か迷ったが、相棒はそれを願わなかった。家庭を大切にしたかったことと、わたしもボス的要素を持っていると直感し、同じ土俵に置くことは将来的には問題が起きると考えていたようだ。俺は俺のやり方でしか出来ないと言うのだった。

世の中は、バブルの時代に入り、仕事に溢れていた。若いのに、フェラーリに乗り、自社ビルを建てる者もいた。そんな時代にいっこうに仕事が入ってこない。それでも、すこしずつ仕事の芽だけは動き始めていた。

相棒はポストモダンという考え方を元に、自由気ままな建築が持てはやされる時代を非難し、全く時代と逆行するような論文を発表したりしていた。その頃、西武の堤清二さんは破竹の勢いで百貨店の概念を変えようとしていた。六本木にWAVEという、様々な文化を発信する拠点を企画していた。旧知であった彫刻家の伊藤隆康さんとこれからの時代について話をしていたことがきっかけで、相棒はＷＡＶＥの企画に参画することになった。彫刻家、照明デザイナー、グラフィックデザイナー達が加わった。果たして、文化人や音楽愛好家にとってＷＡＶＥは成功した。

その後、西洋環境開発が、伊勢の鳥羽市の郊外に芸術村を作るという計画が始まった。陶芸家、彫刻家、画家などアーティストの工房を作り、アートの発信地とするものだった。鳥羽市内に「海の博物館」という老朽化した博物館があり、移転を考えていた。それも芸術村の一画に新築するという話が、西洋環境開発の担当役員だった西村恭子さんから持ち込まれた。彼女の建築への要求は、切り妻屋根であること、だけだった。相棒は館長である石原義剛さんと会い、直接依頼を受けた。

石原館長は、昔からの漁業船や道具が時代と共に失われていくことに危惧をもっていて、それを何万点も収集しており、それらを収蔵・展示する博物館を要求していた。補助金が出るとはいえ、資金の少ない中、鳥羽の海側の広い敷地に船を収める収蔵庫と漁業の伝統や海女さんの世界や、海の危機情報を展示する展示棟を作る。一九八五年から設計が始まった。鳥羽は、東京から片道四時間半もかかる日本の僻地だった。相棒は、毎週一回、打ち合わせのために通い続けた。

と同時に動いていたのは、熊本県に日本一のサーキット場を作るという仕事だった。計画では豪華なホテルと美術館もあり、相棒の担当は美術館であった。社長は、バブルの成功者で、何頭かの馬を持ち、ピカソの「ピエレットの婚礼」を落札した人だった。その他にも有名な絵画を買い集めていて、そのための美術館であった。相棒にとっては、どちらも日本の僻地であるが、博物館や美術館を作るのは夢であったから、ようやく夢がかなうはずであった。

バブルはまだ好景気のど真ん中で、建築家達は海外まで進出する中、相棒は国内の僻地への出張ばかりで、ほとんど家に帰る時間もなかった。ことに海の博物館の館長の口癖は「金がない」で、その割には要求が多く、その対応に苦労していた。担当していた所員は、現場に張り付き、建物の質を落とさない戦いを続けていた。設計料は、人件費と交通費、所員の滞在費だけで赤字になった。扉の制作をしていた彫刻家は、厳しい制作費を倹約するために、宿も取れず、寝袋で木舟の中に寝泊まりしながら、扉制作と格闘していた。

一九八九年、全国から集まった古い木舟を収蔵する収蔵庫が完成した。相棒は、これを見せたいといい、まだ五歳と七歳になったばかりの娘と共に、中古車ホンダシティで鳥羽まで行った。

外側から見れば単純な瓦屋根に覆われた建物であったが、中に入るとコンクリートの梁で組まれた巨大な空間で、柱一本ない。そこには、かつて活躍した漁船や木舟が重なるように置かれていた。その空間の雰囲気はクジラの骨格の中に包まれているようで、舟達は静かに過去の記憶を思い出すように横たわっている。わたしは、この構造の在り方に驚いた。誰も実現したことのない空間は、時間が止まっているようだった。娘達は、湿度を調整するための土間を裸足になって、舟の間を走り回った。

この空間は写真では分からない。わたしは、他の建築家とは全く違う世界にいるのを感じた。

彼は空気と時間を設計しているのだ。何の脈絡もなくこうしたいからこうしたいというような、傲慢さがない。理論的にこうならざるを得ない構造には斬新さがあり、天から降りて来たような感性がそうせざるを得ない、といったような自然さがある。それを何と言って良いのか分からないが、ともかく感動してしまったのだ。

わたしは、帰りの高速で空中分解するのではないかと思わせるような中古車の中で思った。「この人の才能に賭けよう」。

展示棟の二棟も完成間近になった頃、狂乱のバブルが弾けた。証券会社が倒産し、長銀も崩壊した。とたんに、世の中は一変した。

西洋環境開発が展開しようとしていた芸術村も頓挫し、海の博物館は、孤立する形で完成を迎えようとしていた。と、同時にサーキット場も、豪華なホテルも美術館も完成したというのに、バブリーな会社も倒産した。とたんに、事務所の経済も逼迫し始めた。

倒産した会社の社長は債務者から追い回され姿を消した。わたしは、毎日債務者担当に電話をかけ、残りの分を支払ってくれるように頼み続けた。構造、設備、照明の外注費が必要だった。クライアントの倒産は彼らとは関係はない。依頼したこちら側が責任を持つべきである。わたしの余りのしつこさに、担当者はお宅だけですよと、残金の一部を支払ってくれた。

ある日、美術館だけでもみておこうと、相棒と担当所員と熊本の現場まで行った。もう使われることのないサーキット場、誰も宿泊することのないホテル、そしてがらんと展示するものがない美術館。皮肉なことに、多くの人を呼ぶはずだったピカソの「ピエレットの婚礼」は借金のかたに取られ、額にはプリントした絵が正面にかかっていた。なんという哀しい美術館であろう。いったいどれだけのお金が動いたのであろう。それがいっさい幻の施設になろうとは。社長の番頭さんもつとめていた美術館長は、申し訳なさそうでわたし達への気遣いは気の毒なくらいだった。わたしは、相棒にサーキット場を走らせて欲しいと頼んだ。

スポーツカーならさらに良かったが、普通の車でサーキットのルートを思いっきりアクセルを踏んで走り回った。レーサーがこの道路を命をかけて走り回るのだと思うと快感であった。わたしは番頭さんに、「気分がスカッとしました。もうこの件は終わりにしましょう」と言って握手した。それからは、金銭的な催促も一切することはなかった。お金を回収することにこだわり続けるより、不運と諦め、いつまでも立ち止まっている気はなかった。美術館は大胆で良く出来ていたが、全く使われない悲劇の作品となった。

啖呵を切ったものの、他に当てにしていた契約金も入ってこない。事務所はここに来て倒産の危機を迎えようとしていた。海の博物館も金銭的に逼迫し、展示棟のトップライトからの光を柔らかくするために白い天幕を張る金もないと言ってきた。仕方なく、キャンバス地は高くて使えず、さらし布を一反買ってきて出来るかどうか実験してみた。なんとかいけそうなので、問屋から五〇反を購入し、我が家で、わたしと、手伝ってくれる友達を探し、天幕を縫い続けた。これも博物館への寄付である。

当時、最初に借りた部屋の他に二室借り、壁をぶちぬいて広い仕事場を持っていた。さっそく、それを解約し、本丸一室を残して背水の陣を引いた。不要な物は捨て、一室に押し込んだが、所員のテーブルが入りきらない。やけくそだ。家から電動のこぎりを持ちこみ、テーブルをぶった切った。所員は十人ほどいたが、とうとう宣言せざるを得なかった。

「経営者は、給与は取らない。君たちの給与は半分にする。それで不満なら辞めても構わない」と。ところが、誰も辞めようとしなかった。そうなると、一室に所員すべてが仕事をするスペースがない。わたし達は、もう海の博物館に賭けるしか仕方なかったので、最後の手伝いとしてほとんど全員所員を海の博物館に送り込んだ。その時は、彼らに帰る場所があるかどうか分からなかった。だが、彼らは最後の最後まで現場で自分たちの出来ることに専念していた。

またしてもこんなことになろうとは。相棒は三十代のことは思いだしたくないとよく言うが、作るもの、作るものが最後になって悲劇を味わい過ぎたからである。だが、海の博物館だけは自信を持っていた。悔いのない出来だったからだ。

わたしは、資金の調達に奔走していた。解約した広い部屋を覗いてみると、段ボール箱がひとつ転がっていた。思わず涙が溢れ、「くそっ。いつか取り戻してやる」と一人つぶやいた。相棒もまた、鳥羽に行ったきりだった。

海の博物館は、建築雑誌に掲載され、表紙を飾った。それを見た早稲田大学の池原義郎先生の目に止まり、文化庁の芸術選奨に推薦するという連絡が来た。この仕事のきっかけを作ってくれた西村恭子さんも、審査員に働きかけてくれ、受賞が決まった。それと同時に、たまたま鳥羽にいた師匠の菊竹さんが建物を目にし、建築学会賞に推薦したいという電話が入った。相棒はまだ建築学会の会員になっていなかった。すぐに手続きするように言われ、会員でないと受賞資格がないのかと初めて知るという呑気さであった。結局審査員全員一致で、学会賞が決まった。それと同時に吉田五十八賞もいただくことになり、突然三つの受賞が重なった。海の博物館が出来上がるまで七年の年月を要した。バブルという華やかな時代に、隠遁生活するように黙々と作り続けてきたことが、やっと評価されることになり、こちらが驚いた程だった。

「まるで、ハコテンから役満が連続三つ続いたようだね」と冗談を言い合ったが、これは時代の幸運とも言えた。バブルがはじけ、舞い上がっていた時代に、日本の僻地で全く違った価値観で作り続けていた海の博物館は特に目立ったのである。神のご加護のようである。バブルの渦中で、発表してもこの地味な建築は見向きもされなかったかも知れない。

国際文化会館で、祝賀会は開かれたが、相棒はこの建物に協力してくれた建設会社の主な職人達を招き、自分のことより彼らを前面に出し、感謝の言葉を繰り返した。彼らの力なくして成り立たない建築だったからだ。

相棒の挨拶の最後の言葉は、「建築家の価値は、靴がどれだけ汚れているかだと思います」であった。

誇り高き自転車操業

陽の当たる場所に出るということはこういうことなのだろう。打って変わったように大きな仕事が次々と舞い込んで来る。十日町情報館、安曇野ちひろ美術館、茨城県天心記念五浦美術館、牧野富太郎記念館と、どれも大きな仕事で小さなアトリエ系の事務所でこなせるかどうかというほどであった。

事務所の解約した部屋を戻し、所員を増やしても足りず、部屋をさらに増やした。このビルの良さは、部屋が小分けされていて、仕事の動きによって、増やしたり減らしたり出来ることだった。ここまで大きくなると有能な秘書が必要だった。鳥羽に芸術村を展開しようとしていた西洋環境開発もまた倒産し、元社長の秘書をしていた女性が退職して我が事務所に来てくれることになった。プロの秘書が入ることで、安心して契約交渉、専門的な事務処理、さらに忙しくなった相棒のスケジュール調整を任せることが出来るようになった。

わたしの仕事は、経理と全体の経営管理になり、子供を預かってもらって事務所に行き来することなく我が家で仕事がこなせるようになった。それは、ワープロの時代からパソコンの時代に変わったからである。随時メールによって状況が把握でき、また経理関係もソフトを使うことによって、手書き帳簿から解放された。それゆえに、仕事をしながら子育ても手抜きすることなしにやれることになったのである。

仕事が大きくなって、経済的に楽になると思っていたが、そこでわかったのは、大きくなっただけ経費がかかり、外注費がかかり、丁寧に作ろうとすればするほど利益は上がらないということだった。相棒の仕事の仕方は、利益を上げることが目的ではない。いかに良いものを作るかが目的で、経費がかかろうと気にしない。都内の現場なら交通費だけで済むが、地方になるとそうはいかない。滞在費と交通費、外注費だけで設計料のほとんどを食ってしまう。現場に、宿泊場所を借り、場合によっては三人も四人も送り込む。図面通り動いているか、現場に張り付いて見張っているのだ。場合によっては設計変更もあり、彼らは、相棒の指示どおり図面を描き直すという作業もあったから、ほとんど夜中まで働く状態であった。

わたしは経営の素人ながら、最初から感じていたのは、アトリエ系の設計事務所は設計料だけで食べていくのがいかに大変かということであった。ゼネコンや工務店は設計料込みで仕事を受ける。設計料は別枠になっていない。

それだけに、施主側にとっては、設計料としてデザインに多額の金額を支払うことが理不尽に感じるのであろう。

建築業界では設計料の規定があるが、そのままのパーセンテージで請け負うのは巨額に感じられ、だいたい交渉はその通りにはいかず、施主の予算から請け負うという割の合わない仕組みだった。公共の仕事となるとさらに予算のなさを訴えられ、それでも仕事を失うより受けざるを得ない。デザインに対して、それなりの報酬を支払うのが当たり前という考え方が広がっていなかった。

建築家としての実績と名前によって、無理な減額はなかったが、それがないとさらにたたかれるという厳しいものだった。まるで中小企業の、それも零細企業と変わりないと思ったものである。また、設計の仕事は、基本設計、実施設計までで総額のほとんどが支払われ、監理業務になると極端に額が減る。監理期間は二年から三年近くかかることもあるのだ。その間、現場常駐費、交通費がかかり、経済的には窮地に追い込まれる。監理中に倒産してはお話にならない。それをどう切り抜けるかが一番の難問だった。大きな仕事を抱えながら次の仕事のためにコンペをやり続けるしかない。コンペ専用の所員を抱える程余裕はないから、担当の仕事をしながらコンペも同時にやらねばならぬ。いくら時間があっても足りなく、ほとんど終電まで彼らは働き続けることになる。そのコンペも競争の激しい中で取れるとは限らず、落ち続け、最高十九連敗というのがある。コンペの審査員にもよるが、圧倒的に説得力がない限り、コンペに賭けた時間と費用はゴミのように消え去る。だが、諦めたらそれで終わりである。何も起こらない。「残念ながら落選」の連絡を受けるや、「はい。次！」と発破をかけるしかない。どの建築家もコンペを取るために全精力をかけるであろう。当選は一点。落選した作品は膨大で、もしコンペ落ちの墓場があるなら、地の底でマグマのように蠢いているような気がする。

普通、会社の規模が大きくなれば営業マンを置くものだが、相棒は置かなかった。相当、相棒のことをよく理解し、相棒がやる気になる仕事を持ってくるならまだしも、そうでない食うための仕事はやる気がなかった。当事務所の営業は、どの仕事も建築雑誌が取り上げる密度のある建築を発表することと、本人が地方を回って、講演することだった。その関係からの、仕事の依頼を受けることが多かった。

他のアトリエ系の有名建築事務所はどうやりくりしているのか知らないが、こんなやり方でなんとか生き延びて来たのは奇跡のような気がする。余裕の有る時は貯蓄し、厳しい時は銀行とうまく付き合いながらのやりくりは、難しいパズルゲームのようだ。一年間、給与は遅滞せず、二回の賞与を出し、税金を払いすぎない程度に利益をあげ、黒字にもっていく。その際にやっと、安堵が訪れる。

なんとかやりぬいた年だった。わたしは一度狂ったことがある。銀座で忘年会をやり、しこたま飲んだ。よっぱらったあげく、まともに歩くのもままならず、銀座通りに並んだ空のゴミ箱を蹴飛ばし、さんざん蹴飛ばしてから通りに出て大の字になって寝てしまった。そこからどうなったか記憶になく、「奥さん大丈夫ですか」と所員に抱えられ、最後は相棒が自宅まで抱えて帰宅したそうだ。泣いているとも笑っているとも言えない声で、「バカヤロー」と叫んでいたそうである。

何に対して?設計事務所の経営的不条理と厳しさに対してであろうか。

アトリエ系事務所やデザイン事務所では、伝統的に所員への給与は少ない。事務所によっては、それでは暮らせないだろうという給与しか支払わず、親からの援助なしではやっていけない所もあると聞く。アルバイトの時給も最低限。彼らは、高学歴でもっと大きな会社に簡単に採用されたであろうが、それを蹴飛ばしいずれ建築家として独立するために、修行にやってくる。賃金に対しても、それが常識であるために文句も出ない。模型作りからはじまり、チーフの下について設計の勉強をし、現場担当者になれば恵まれている方である。その間に、一級建築士の資格を取り、力をつけてから辞めていく。事務所にとっては、実力のある所員を育てたあげく、彼らは去っていくのだから、それだけに、授業料をもらいたい程だと言う建築家もいる。当事務所では最低食べられる賃金は渡すべきで、でないと仕事に集中できないと考え、それなりの給与を出してきた。それでもその間、生活は苦しいだろうが、現場を担当させてもらい、図面を引くところから建ち上がるまで経験できるのは、給与は格段に高くても、大きな建設会社では経験できないことであろう。現場経験者の中堅が退職すると、また学生あがりの初心者を雇い、育てねばならぬ。因果なことである。

限りなき挑戦と貪欲さ

建築家とは、なんとタフなイキモノだと思う事がある。同時に、ひどい時には二十件の物件のことを考えているのである。どれも同じプロトタイプはない。どの物件にも挑戦的なアイデアがある。普通では考えられない頭の構造だと感心する。問題を抱えながら苦労してやっと完成した建物が終わり、しばらく休むのかと思いきや、次に新しい仕事がはいると敷地に立ったとたん、アイデアが湧いてくるというのだ。仕事は限りなく続いていく。枯渇しないのかと思う。新しい敷地は、真っ白なキャンバスのようなものなのだろうか。画家が新しいキャンバスを据えたとたん、筆が動いてしまうように。

娘を幼稚園に送ってからの帰り、家までの坂道を上っていると、相棒が走り降りて来た。打ち合わせに遅刻しそうだと、顔は真っ青だった。その時、思った。このままだとこの人は死ぬと。東京と鎌倉の通勤は時間がかかり過ぎた。毎日終電で帰ってから食事をして風呂に入れば、寝るのは深夜二時を過ぎる。出張ともなると朝六時起きで睡眠はたった四時間。たびたび、終電を逃してホテルに泊まったりしていたが、もはや限界だった。

これを解決するには、建ったばかりの共生住居を出て家族で東京に住むか、相棒だけ東京に単身赴任することしかなかった。結局、東京の仕事場の近くにマンションを借り、週末は自宅で過ごすことを約束し、実行した。わたしは夫が帰るまで起きているタイプなので、朝も早くいつも寝不足だったから、これによってお互いにとても楽になった。平日は、娘達は父親と顔を合わせることがなくなったが、週末はできるだけ子供達と遊ぶようにお願いした。

だが、これだけの仕事を抱えているとそれでも時間が足りず、土日も帰れないことが多かった。わたしが事務所に行くと、「お久しぶり。お元気?」というような夫婦関係になったが、何年も単身赴任している家庭もあった訳だから、まだましな方であった。でも、この生活形態で寿命は十年延びたとわたしは思っている。

学会賞を受賞してから、次々と大きな仕事が舞い込んだが、実施設計が終わると次々と監理業務に入って行った。どれも手のぬけない期間である。建設会社の現場監督が良いと相棒の無理な注文も快く引き受けてくれたりした。相棒が頻繁に現場に通うことが多く、職人たちと一緒に飲んだりしていたから、職人達も彼のためならばと協力してくれた。現場の人たちと良い関係が出来ると、必ず良い建築が出来上がった。職人が担当した所を、「ここはお父さんが作ったんだぞ」と息子や娘に誇りを持って見せられる建築こそ、相棒の望むものだった。同じように、何のために建築を目指すのかと問われる時、相棒は、「自分が設計した建物が何十年も経って、娘達がその建物を見た時、これは父が作ったものだと誇りを持って言えるような建築にしたい」と答える。

だが、どの建物もスムーズに行く訳ではなかった。茨城県天心記念五浦美術館は、最初から知事は当事務所が設計することを歓迎していなかったし、建設会社ともぎくしゃくしていた。監理に入って、現場経験のある担当者は十日町情報館を監理しながら、こちらも通いで見ていた。現場を経験させようと三人の未経験者を常駐させていたが、役に立っていたのかどうか、役所の担当者とも亀裂が入るような状態だった。

完成までに三ヶ月しかないのに、現場は遅々として進まず、相棒は頭を抱えていた。正月からそのことばかりが気になって、新年を迎える気持ちの余裕もなかった。わたしは、正月の二日に、「現場を見に行こう」と誘った。

雨降る寒い中、車を走らせた。現場は、正月で誰もおらず、コンクリートの骨格だけは建ち上がっていたが、内部は水浸しで、バケツや道具が散らばったままだった。こんながさつな建設会社は初めてである。だいたい、正月を迎える前には、現場を綺麗に片付けるものだ。優秀な建設会社は、監督もこういうことには厳しく、現場を大切にするものである。

まだ構造体だけの屋根から、ざばざばと雨が漏れているのを見て、相棒はすごい形相になり、あと三ヶ月で完成するなど無理だと嘆きの言葉を吐いた。わたしも、こんな無惨な現場を見た事がなかった。

現場の近くに岡倉天心の墓があった。天心らしい、土まんじゅうの墓で、苔で覆われていた。わたしはこの状況を報告し、何とか完成するように祈った。帰りの車の中でも、相棒の表情は暗く、怒りに満ちていた。

「ねえ、折角ここまで来たんだから、アンコウ鍋食べていかない?」と気分を変えようとしたが、「ばか、アンコウ鍋なんてどこがうまいんだ」と相手にしなかった。海は荒れ、崖の下に六角堂がぽつんと立っているのが見えた。

そこからの相棒と建設会社とのやりとりは凄まじく、信じられないことだが、突貫工事で予定どおり三ヶ月で完成したのである。オープニングでは、知事からの感謝の言葉はなかった。

崖の断崖の上に沿うように建つ巨大な建築は荒々しい風景に合っていた。建物の外の遊歩道は海を眺めながら六角堂まで続いていた。唯一幸運であったのは、館長がよく出来たひとであったことだ。美術館に収まる絵画は横山大観、菱田春草、下村観山と半端ではない作品が展示され、館長は次々と企画を展開し、リピーターの多い、また地元の人たちに愛される建物となった。美術館の人口比率での入館者数は日本一になった。

建築家の孤独と修羅

わたしは、茨城県天心記念五浦美術館のずさんな現場を見に行った時の、雨の中にたたずむ相棒の建築家としての孤独と修羅を忘れることができない。どういう状態であれ、完成させるために一人でこの事態を解決しなければならない。そこに諦めの表情はなかった。怒りと挑戦的な覚悟だった。誰も助けることはできない。一人で抱えるしかない。これまでに完成させてきた建築にも、こういう一瞬があったのだろうと思った。安堵は完成した時の一瞬のことである。それでも、いつもああすれば良かったこうすれば良かったと思うことがあると言う。完全な達成感はないのだ。それでも戦い続けることの建築家としての修羅。建築家だけではない。画家、彫刻家、陶芸家、あらゆる芸術に本気でのめり込んだ人たちは皆、同じであろう。それに耐えられる者こそ天から選ばれた人なのだ。そして残酷なことに、五十年、百年経っても残るものは残り、残らないものはたった数年で忘れられる。時間はまことに厳しく残酷である。時代の流行は関係がない。時と共に変わっていくからだ。それでも毅然と残るものとは、何を濾過して存在し続けるのであろう。

ああ、そしてまた現実が襲って来る。仕事というものは、来る時は一度にやってきて、それが終わるとぴたっと来なくなる時がある。平均的な波はなく、うねるようにそうした変化が訪れる。これを経営のまずさと言われれば身もふたもない。力を入れれば入れるほどこの波は大きい。牧野富太郎記念館は、複雑な屋根の構造で、これが出来たら天才だよと言った建築家もいた。毎年大型の台風の通り道であり、何度も風洞実験をして、間違えれば屋根ごと吹っ飛んでしまう構造だった。相棒は、この建物にほとんど集中していた。

ところが、この建物を最後に大物物件は終わりになり、次の仕事がなかった。

次の仕事を展開する余裕は彼の頭にはなかった。事務所の経済が逼迫するのは目に見えていた。事務所には、この建物に賭けようというムードで、コンペにも手を出さなかった。結局、背水の陣とまでいかないまでも、また部屋を減らし、所員の削減、賞与なしの状態になった。五台山を這うように建ち、航空写真で空から見ると屋根は美しかった。牧野富太郎が名付けた木々が植えられ、いずれ木々に囲まれ、建築は消えるであろうと相棒は言った。牧野富太郎は死ぬまで植物研究に明け暮れた。その貧乏生活たるや凄まじいものである。富太郎を最後まで支えつづけた妻の壽衛《すえ》さんの名前をつけた、スエコザサが植わっている。わたしは、苦労した壽衛さんに手を合わせたい気持ちだった。

わたしは、相棒の自信作は密かに二人で見に行くことにしている。公にして行くと、担当者が出て来て静かに見物できないからだ。わたしは、「これはヒット！」と答えた。言いようがない。ただただ美しかった。案の定、この建物は評価され、毎日芸術賞、村野藤吾賞、織部賞を受賞した。

建築家は何処へ

相変わらずコンペには落ち続けた。また部屋を解約し、数人の所員に辞めてもらった。この繰り返しである。この修羅場はいつまで続くのであろう。相棒もまた、建築に疲れを感じ始めた頃である。

旭川駅、日向市駅の委員会で繋がりがあった東京大学の篠原修さんから、教職の椅子を用意するので来てくれという依頼があった。篠原さんは土木の分野ではデザインが重視されていないことに疑問を持ち、公共の土木建築に景観を重視したデザインの必要性を訴えていた。わたし達一般人でさえ、土木が関係する公共の建物や、駅、まちづくり等、それらは実用性を追うばかりで、デザインを考慮した感覚は欠如していると情けなく思っていた。ヨーロッパの町並みは、どこも計画されていて美しい。古いものを生かし、法律によって景観を壊すものを建てるのは許可されない。それに比べて、日本の街は、好き勝手に建て、ばらばらで、折角の伝統的な街を壊し続けて平気だった。日本にも、景観をたいせつにする法律を作るべきだと、篠原さんは主張していた。

相棒は五十歳になっていた。建築家としては一番充実する時で、この五十代に建築と大学の先生を同時にこなすのはいかに大変か、わたし達は何度も議論した。だが、土木にデザインの概念を植え付ける大仕事に、相棒は興味を持っていたし、意欲的だった。やるならいい加減なことはしない相棒の性格である。十年の約束ではあったが、その間の建築家としての活動を果たして失うことになるのではと迷った。が、やってみるしかなかった。大学の建築学科という平凡な選択なら反対したであろう。

そんな時に、十九連敗のコンペ格闘に終止符を打つときが来た。島根県芸術文化センターのコンペを取ってしまったのである。コンサートホール、小ホール、美術館を備えた大型物件だった。コンペ連敗は、このためにあったのだと、事務所内は歓びにわいた。皮肉なものだ。この大仕事と大学が重なってしまったのだ。完成まで五年かかるこの仕事がメインとなった。また島根県の僻地である。

今迄に経験したことのない大型物件で、事務所では三人の所員が待機し、現場には三人を常駐させたにもかかわらず、追い込みに入った時には五名の所員が現場に張り付いていた。二〇〇五年、多難を越えて建物は完成した。建物の外壁はすべて石州瓦で覆われ、元々赤い瓦は、光の加減で色を変え、薄紫やブルーに輝き変容した。建物に囲まれた中庭には水盤が敷かれ、益田市の古い伝統芸の催しや、祭りとなると水盤の水を抜き、市民の広場となった。こけらおとしは、小沢征爾のオペラ「セビリアの理髪師」であった。

わたしは、素晴らしい出来だと思ったし、ここまでやり切った相棒のアイデアや構成に感動さえしたが、建築界ではさほど話題にはならなかった。

片や、相棒は週に三回大学に通いながら、分裂している土木と建築を融合させるために、格闘していた。ことに「グラウンドスケープ展」は大きなイベントであった。これまで篠原さんが手掛けて来た、河川改修、橋、まちづくり等の模型作りを、全国の大学生の希望者を集めての企画だった。薄給の参加であるから、相棒は学生達の士気を盛り上げるために、なんと共生住居でバーベキューをやると言い出した。総勢六七名。熱気で溢れる若者達が共生住居の庭、家の中まで埋め尽くした。いくら慣れているとはいえ、六七名の食べ盛りの学生に食べさせるのだから、ただただ呆然とし、買い出しに走り回った。十キロの肉なぞあっという間に消え去るであろう。しまいには、赤ん坊を洗えるような炊き出し用の鍋を買い、おでんを溢れさせた。先生の奥さん達も心配して食料を持ち込んで下さった。

「グラウンドスケープ展」は盛況に終わったが、何故ここまで力をいれるのか、相棒の動きはさらに激しくなり、しまいには南米のコロンビアのメデジン市に東大の景観研の学生の設計による図書館まで完成させてしまった。その頃のコロンビアは治安が悪く、相棒が現場に行く度にマシンガンを持ったガードマンがついた。

建築家としての仕事、大学の先生、そしてグッドデザイン賞の審査委員長まで引き受け、その間に十冊の本を書いた。おまけに、東大のキャンパス計画を実行するために、副学長という役職まで引き受けることになった。こういう人物を何と言ってよいのだろうか。過激なイキモノというより仕事に憑かれた猛獣とでも言おうか。その頃は多忙を極め、突然倒れるのではないかと心配する日々だった。

十年後、退官の日が来た。彼の十年間は意味があったのかどうか、まだ判断はできないが、充実した時間であったことは確かだ。

教授が退官するとき、最後に最終講義がある。天のいたずらか、正にその日、講義の三十分前に東日本大震災が起きた。東京に向かっていたわたしは、横須賀線が新橋手前のトンネルに入って突然停車し、何が起きたかも知らず、閉じ込められていた。電車は動かず、職員の誘導で電車を降り、地下道を新橋まで歩くことになった。東京も地震によって混乱を極め、最終講義は中止された。その後、復興のために飛びまわることになるのだから、偶然とはいえ、運命のいたずらとしか思えなかった。

大学を退官して、事務所に戻った時、所員は十人を切るという不況に陥っていた。コンペには落ち続け、仕事の展開はなかった。ボスの不在が多かったため、事務所の雰囲気も盛り上がらず沈没寸前であったが、「とらや」の一連の仕事、和光大学の仕事で何とか持ちこたえていた。ボスが戻ることで、沈みかけていた舟が浮き上がり、静岡県草薙総合運動場体育館のコンペ獲得から、勢いづいて次々とコンペ当選が続いた。

建築家は何処へ行くのだろう。激しい波間をぬって作り続けるのであろう。わたしは最初から夢を共に生きてきた訳だが、未だに相棒は何処へ行こうとしているのか分からない。もう行くところまで行くしかない。休息のない旅はこれからも続いていくであろう。

共生住居が変換期へと

老いへの挑戦

次女は就職が決まると一年後に東京で自活を始めた。長女は、二年フランスに留学して家を出た。わたしは、ようやく子育てを終え、さらに仕事に励み、テニスに励み、ずっと行ってみたかった秘境の旅行を楽しんでいた。ペルー、ケニア、チベット、ブータン、チュニジア、ヨルダン、シリアと、一人で行くか、少人数のツアーに一人参加で旅行していた。ことに、砂漠地帯で何時間もバスに揺られているることが好きだった。砂漠地帯は、若い頃にシルクロードを横断した時の後遺症なのか、何も持たなかった頃の若き日を思い出させた。地平線を見続けていると、日々の忙しさや煩わしさから解放され、心が透明になっていくようで、いつの間にかこびりついた垢が浄化されていくようだった。

神様というのは、生まれた時に何か苦労の籤を引かせるのではないだろうかと思う事がある。親は子供がずっと幸せであることを願うが、人の一生はそうはいかないようにできている。籤にはいろんな種類があるようで、病の苦労、子供の苦労、お金の苦労、姑や夫の苦労、仕事の苦労、介護の苦労……。一本も籤を引かなかったような人もいるが、何本も引いてしまった人もいる。わたしは少々の苦労を味わってきたが、ようやく自由な五十代というまだ元気な世代を楽しむつもりでいた。ところが、そうはいかないと、ことばかりに親の介護が襲い始めた。よく考えてみれば、自分が老い始めると同時に親はさらに老いていたのだ。自然の成り行きである。両親も元気な内は老いを感じさせないが、大きな身体の変化が現れた時、初めて、そうなんだ、もうそんな歳になっていたのだと気づく。自分もまたそうだ。何か身体に異変が起きてから、ああ、こんなことが起きる歳になったのだと気づく。それほど呑気であった。七十歳なら七十歳なりの、八十歳なら八十歳なりの身体の変化や老いへの孤独は、その歳になってみないと分からない。ということも、五十代のわたしには実感がなかった。自分はまだ健康で歳を感じる年代ではなかった。ところが、気がついてみれば必然的な順番が来ていたのである。地球が始まって以来、平均寿命が八十歳を越える時代になり、九十歳はざらで、益々元気な老人が増え、長寿の家系である両親にこんなことが起こるとは思いもしていなかった。

実験を諦めた時から、義父に異変が起き始めていた。夢を諦めたことが原因だったのだろうか。軽い認知症の症状が出始めたのである。戦争中は、大学の糸川先生の元で、戦闘機ハヤブサの設計にたずさわり、戦後は岡村製作所で自動車の研究にたずさわり、もはや伝説的な車となった「ミカサ」を作り上げた。この車はいまでも岡村製作所のショールームに飾られている。自動車の開発を断念した当社を喧嘩までして退職すると、今度はクボタで、農耕機具の開発と、農薬を蒔くための円盤まで開発研究をしている。発想が十年早いという宿命を持っているような人だ。その後、日本大学の宇宙航空工学科に招かれ、学生と、人力飛行機に力をいれ、毎年琵琶湖で開かれている大会の一回目では圧倒的な飛距離を飛ばすことで優勝させ、その後、小型ジェットエンジンの研究、そして、人力ヘリコプターに魅せられていく。

片や、一辺の長さが〇・九ミリの折り紙で鶴を折るという多才な人でもあった。顕微鏡を覗きながら針先を使って折るのだが、その技は謎である。米粒に置いた作品は、虫眼鏡で見ると確かに鶴であった。

繊細な技術と複雑な数式で埋まっているはずの義父の脳に何が起きたのか、簡単な足し算ができなくなるという事件は、我が家を震撼させた。

七十歳まで大学でピアノ教師をしていた義母は退職しても自宅でレッスンを続けていたが、七十歳の半ばを過ぎた頃片目が不自由になった。不自由ながらも見えないことはないので、日常的なことはこなしていたが、精神的な打撃から軽いうつ状態になり、人力ヘリコプターを断念してから八十歳を越えていた義父もまた異変が起き始めていた。頭の中が壊れるなんて想像もしないことだった。義父の認知症は、ゆっくりと進行して行った。

とうとうこういう時期がやって来たかと、わたしは覚悟を決めた。

義父は時々新聞のチラシを持って、わたしの所にやってきた。

「あの件はどうなってるのかね」と突然言い出す。最初は、「爺ちゃん、何言っているの」と相手にしなかったが、ぼーっとした眼差しで遠くを眺めどこかをさまよっている。

テレビで、認知症の老人の対応の仕方を実例をとおして紹介する番組を見たり、本を取り寄せ家族はどう接すれば良いのか学んだ。本人は、突然まともになったりするが、突然本人しか分からない世界に飛んで行ってしまう。それを叱ったり、逆らったりするより本人の様子に合わせて迎合するのが一番の対応であると本に書かれていた。

新聞のチラシは、大学の先生の時の実験の資料であって、学生に向かって言っ

ているのである。そんな時は、

「先生、その件についてはすでに出来上がっております。ご心配なさらないで大丈夫です」と返答すると、「そうか」と顔が輝き笑顔になる。時には、「あの、準備は出来てるか、気になってねえ」以前、ＮＨＫで人力ヘリコプターの取材があり、家で撮影された。あの準備とは何のことか分からないが、

「はい。内藤先生、準備は全て整っています。大丈夫です」などと対応すると、義父は「そうか、そうか！」とわたしと握手してきて、「先生、頑張りましょう」と強く手を握り合った。義父はにこにこして隣に戻って行く。今迄はこちらに声をかけてから入ってきたが、家の中で徘徊が始まった。二階の仕事場でパソコンをたたいている時に、背後に人の気配があり振り向いたら、義父は義母のピンクのカーディガンをはおってにこにことして立っている。ぎょっとしたが、気持ちを押さえ、

「あら、爺ちゃんそのカーディガン似合ってるわよ」と言いながら、ご機嫌な爺ちゃんを隣の家に連れて行く。

義母はこの変化を素直に受け止めることが出来なかった。「何故、こんなことになってしまったの」「違うの、そうじゃないの」と義父の行動を直そうとした。しかし、叱られていると感覚的に受け取る義父はさらに反抗的な行動に出た。薬を飲むのを拒否し、義母がテレビに夢中になっていると、コントローラーを隠した。洗面所のゴミ箱に捨ててあったり、トイレに投げ込んであったりした。

ある日、わたしはいなかったのだが、隣から大きな音が聞こえ、夫と娘が飛んで行くと階段から落ち、気を失っていた。すぐに救急車を呼び、病院に運ばれたが、頭を怪我しただけで骨折もなかった。それ以来、二階の寝室からベッドを一階の和室に移した。二階に上がれないように、夫は遮断板を作ったが、ストッパーをうまくはずし、いつの間にか二階の義母のベッドで横たわっていたりした。

その頃から、スリッパのままの外の徘徊が始まった。だいたい夕食後で、義母が目を離したとたん、こつ然と消えるのである。近所を探しても見つからない時は、警察に依頼し、結局駅前のコンビニで見つかった。パトカーに乗って戻ってきた時はほっとしたが、警官から、「気をつけて下さい。どうやって行ったのか、相模原市で見つかったお爺ちゃんがいたしね、二階の窓から飛び降りて消えたお婆ちゃんもいるんですよ。衣類のどこかに名前と住所を書いておくように。まだ何年も見つかってないご老人もいるんですよ」と忠告された。そして、この辺りは山が近いので、入り込んだらまず見つからないとも言われ、まさにご近所で十年も行方不明のお婆ちゃんがいる。

「爺ちゃんがいないのよ」と義母が飛び込んでくると、「右？左？」と聞く。それによって追いかける方向がはっきりするからだ。

「左だと思う」

わたしは駆け出し、爺ちゃんを追う。スリッパのまま何と言う早さであろう。すたすたとひたすら進んで行くのである。そんな時は、少し距離を置いて付いて行く。無理に引き止めると顔がひきつり、怒りだす。ひたすら歩いて、ある時立ち止まる。それからようやく、

「先生、どちらへ？」と声をかける。遠くを突き刺すように厳しい顔つきがようやく和らいだ時、腕を組み、「爺ちゃん帰ろうか」と言ってみる。素直に従う時もあるが、さらに進む時はゆっくりつき合う。困るのは、暗くなってから飛び出し、どっちの方に向かったか分からない時である。懐中電灯を持って、犬の散歩道を探し、いないとなると山に続く道を探し回る。それでもいないとなると、車で山を下り、大通りを駅まで、以前見つかったコンビニを覗き、駅から引き返して大船方向に向かいながら、歩いていないか探す。それでもいない時は、警察に連絡を入れ、さらに山の斜面に立ち並ぶ家々の周囲を探し、家に戻ってみると家の前に本人が立っていることもあったが、他人の家の垣根と溝の間にはまって立ち上がれないまま横たわっていることもあった。会社から戻ったばかりの長女と手分けして探すこともあり、疲れきって家で待機するしかない時もあった。わたし達は山の奥に入りこむことを一番恐れていた。戻って来た時も叱らない。認知症は、プライドを持っていて叱ることは屈辱を感じるらしい。さらに症状がひどくなることも、だんだん分かってきた。

これまで、愛犬のペペの散歩は爺ちゃんの役目で、一人で出かけた際、こけて頭を切り救急車で運ばれた。時に頭がはっきりするのか、救急隊員に名前を聞かれてはっきりと答えることもあり、その堂々とした言い方にとまどう。

それ以来、犬の散歩につき合うことにした。リールは爺ちゃんに持たせ、腕を組んで一緒に散歩する。そんな時は、笑顔が戻り、訳の分からない会話に付き合いながらひっくり返らないように支える。犬の散歩は爺ちゃんにとっては、幸せな時間だった。ある時紫陽花が満開で、見事な花を咲かせていた。

爺ちゃんは、突然立ち止まり、仁王立ちになって、「紫陽花がきれいだね」と嬉しそうに叫んだ。通りの曲り角を曲がったとたん、金色に輝く夕焼けと出会った時も、突然立ち止まって「きれいだねえ」としみじみと言った時、わたしの胸は熱くなった。美しいという感情はちゃんとあるのだ。認知症になって、爺ちゃんはだんだんと可愛くなっていく。現実から離れてどこか遠くの世界にいて、時々ふと現実に触れた時、思いと裏腹に普通のことが出来なくなる。

認知症は、教科書通り進んで行った。風呂にいれるのも苦労のひとつで、排泄もうまくできなくなり、オムツをつけることになる。

もはや家族だけで介護は難しくなり、社会の力を借りることにし、デイケアやショートステイを利用することにした。義母は昔のタイプの女性で、最後まで夫の世話をするのが当然という考え方だったが、義母に暴力をふるうことがあり、さすがに義母もつらく、新しく出来た施設に入ってもらい、こちらから通うことにした。施設に入る用意もできた頃、義父は風邪を引き、薬を誤飲して急変し、救急車で病院に入院した。肺炎を起こしたのである。救急室で、治療を受けていたがいっこうに良くならず、医者から今夜が山ですと言われた。まだ少し意識があったので、弟家族、わたし達家族が側についていた。そして、次の日の昼、義母の手を握ったまま静かに永眠した。入院して二週間のことだった。

遺体は共生住居の和室に置かれ、本人が希望していたように、葬儀は家族と近しい者だけで密葬にした。後日、義父に世話になった人力ヘリコプターにかかわっていたOB達によって、お別れ会が開かれた。

二〇〇三年、カナダのトロント大学の学生達が、とうとうシコルスキー賞の条件を克服し、人力ヘリコプターは賞を獲得した。義父はトロント大学で講演したこともあったから、聴講していた学生の中に、挑戦する芽を植え付けていたのかも知れないと思うとうれしい成功である。もはや天国にいる義父は、「やられたか～」と苦笑いしながら、やはり喜んでいる顔が浮かぶ。成功した人力ヘリコプターは、義父の考案したのとほとんど似た構造をしていたからだ。

生のワンサイクルを終えて

わたしは、相続やその後の事務的な処理に明け暮れていた。一人になった義母は、哀しみの中で力なく沈んでいた。ところが、来客もそろそろ落ち着いた頃、今度は義母の膵臓癌が末期で、それも突然余命半年という宣告を受けた。今迄にも、大腸癌の簡単な手術、心臓にカテーテルを入れる手術など、病院通いは義母の日常茶飯事だったのに、その奥の悪魔のような膵臓癌がどうして見つからなかったのか。追い打ちをかけるように、家族を震撼させた。

しばらく入院していたが、自宅にいたいという本人の希望で、抗がん剤を飲みながら自宅療養していた。わたしは、いずれ居間を改装し、義母を自宅で看てあげようと、自宅に通ってくれる医者を探し、レンタルでベッドや車椅子を用意したばかりだった。

わたしも知らず内に疲労が溜まっていたのか、血圧が上がり体調はかんばしくなかった。六十歳になり、この際記念にと、人間ドッグであらゆる検査を受けた。ところが、初めて胃カメラを飲んだ結果、胃に早期癌があるのが見つかった。半年前に、一般検診でバリウムを飲んで異常なしの結果だったのに、半年で癌が生まれていた。ここ何年間の介護がストレスになっていたのかも知れない。自分はタフだと思っていたのに、何と、病という籤も引いてしまった。

胃の自覚症状も無く、突然の襲来に言葉もなかった。悪いことは続くものだとよく聞くが、正に、ましてや義母が最期を迎えようとしている時に重なるとは、神様の悪意かとも思えるのだった。だが、うろたえ泣いている暇はなかった。胃癌の早期は胃を切除してしまえば、抗がん剤を飲むこともなく五年で完治。胃が切れることそのものが幸運だと外科医からあっさり言われた。そして、実際に早期発見で完治した例が多く、十年も経てば普通に元気に生きている人もいることから、災難中の幸いと自分を納得させた。年の暮れ、最新治療、腹腔鏡手術で、胃の四分の三は切除され、たった十日で退院となった。長女と夫は、仕事の合間にわたしを見舞い、家に帰ると義母を見舞い、寝たきりだったぺの世話まであって走り回っていた。わたしはさすがに術後はつらく特に腸で消化することには慣れず、自分の回復療養で精一杯であった。

義母は家での介護はもはや無理で、ホスピスに入院した。ピアノの愛弟子さん達が次々と訪問し、ピアノのＣＤをかけたりとにぎやかな状態で、穏やかな最期の日々を過ごしていたが、わたしの術後、一ヶ月ほどして急変し、家族に見守られながら静かに息を引き取った。

義母もまた自宅で死にたいと言っていたから、家族と近親者とで密葬にした。黒猫のジジは既に亡くなっていたが、義母が可愛がっていた愛猫のキキは、葬儀の後、祭壇の座布団に座り続けていた。それは皆の涙をさそった。術後で体力を失ったわたしを助けてくれたのは、長女の成長だった。わたしの代わりに葬儀一切を取り仕切ってくれたのである。
　後日、ピアノの関係者とお弟子さん達が我が家に集まって、義母のお別れ会を開いた。ピアノを弾いたり、合唱したりにぎやかなお別れ会であった。

　十二歳になっていたぺぺは、心臓を悪くして寝たきりであったが、しばらくして後を追うようにして苦しみもせず亡くなった。墓に埋めた時、キキは側から離れなかった。そして、キキもまた十六歳にして老衰から地下室を死に場所と決め、食事も取らず静かに目を閉じた。
　共生住居に、人間の墓は作れなかったが、ペット達の墓はいくつもあり、それぞれ土に戻って行き、木々の根っこに吸い取られ年ごとに、桜の木は太くなり見事な花を咲かせた。

　立て続けに義父と義母がいなくなり、共生住居は半分ぽっかりと空いた空洞のようになり、世代の大きな生のワンサイクルが終わったようであった。隣から物音がいっさいしないのは空虚であったが、二人が暮らした場所、生活の形跡と、空気だけはまだ残っていて、ふとドアを開けてこちら側に入ってくるような感じが続いた。

このようにして、三世代を包み込んだ共生住居の流れは中断した。残されたわたし達家族には、これからどのような暮らし方をし、どのように改造していくかという、大きな課題が残された。

おわりに

平和が続いていた家に、平和であっただけにそれに見合った不幸が訪れるものである。これが人生の均衡というものであろうか。

だが、生き残った者は、生きていかねばならぬ。不幸と言っても悲惨なものではない。死は必ず訪れ、それが思ったより早くやって来ただけのことであった。両親も最期は家族に看取られ、ペット達も最期まで家族に看取られたことを思えば、幸運な最期と言えるだろう。生死の順序としては、いかにもまともなルートを辿ったと言えよう。

だが、一度に襲った死の連続と、想像もしなかったわたしの胃の切除は精神的に堪えた。タフだった自分は、アウトドアー系で、テニスや秘境旅行など体力のいる楽しみはもはや、出来ないという大きなギャップを、素直に受け止めるには時間がかかった。これを契機に自分の生き方を変えざるを得ない試練が待っていた。

共生住居に大きな変化が起きたが、娘達には未来があり、それぞれ若さを燃焼させるべく仕事に励み、過激な建築家は休むことなく戦いを続けている。救いは、わたしもまたその流れに乗って生きていく場所があるということだ。いずれ、わたし達にも死が訪れる。きっと最期は共生住居の和室で死を迎えるであろう。その時、若い生命がこの住居に居を構え、新しいサイクルが芽生えていることを願うが、娘達に無理に託すことは酷であろう。彼女達には彼女達に適した場所があり、自然にそうならない限り、強制は出来るものではない。

建築家が考えた住居とは、一時的な滞留の場所ではなく、生と死が同居してこそ暮らしが成り立つ場所であるという最初の共生住居の意味が継続されれば良いが、今は建築家の考えた希望に留めておきたい。

晩秋を迎え、覆い繁っていた桜の葉は朽ち果て、葉を落とし始めた。二本の巨大なケヤキの葉もまた黄色くなり、毎朝庭の芝生を埋め尽くしている。ケヤキがまる裸になるまで毎日落ち葉の掃除だ。正直うんざりするが、木々のサイクルは季節のサイクルでもある。その変化を楽しみとし、それを幸せと感じ、わたしは、義父のように庭の守護神になれるであろうか。
またやって来る、来春のために。

二〇一五年二月

内藤鏡子

内藤鏡子（ないとう　きょうこ）
1950年大阪生まれ。1976年からマドリードに在住。その後、夫とともにアフリカ、ヨーロッパ各地、中近東からインドまで陸路横断。
1981年夫とともに内藤廣建築設計事務所開設。著書に『かくして建築家の相棒』、『悲しい色やねん』がある。

建築家の考えた家に住むということ
共生住居顛末記

2015年5月30日　初版発行

著　　者——内藤鏡子

発 行 者——山岸久夫
発 行 所——王 国 社
〒270-0002 千葉県松戸市平賀152-8
tel 047-347-0952　fax 047-347-0954
郵便振替 00110-6-80255
印刷　三美印刷　　製本　小泉製本
写　　真——内藤廣建築設計事務所
装幀・構成——クリエイティブ・コンセプト

ISBN978-4-86073-059-8 *Printed in Japan*